U0926399

孙犁最喜欢的藏书票
孙晓玲提供

耕堂文录十种

晓声集

孙犁 著

天津出版传媒集团
百花文艺出版社

图书在版编目（CIP）数据

晚华集 / 孙犁著. —天津：百花文艺出版社，2012.5（2023.4 重印）
（耕堂文录十种）
ISBN 978-7-5306-6106-2

Ⅰ. ①晚… Ⅱ. ①孙… Ⅲ. ①中国文学-当代文学-作品综合集 Ⅳ. ①I217.2

中国版本图书馆 CIP 数据核字(2012)第 091427 号

晚华集
WANHUA JI
孙犁 著

出 版 人： 薛印胜
责任编辑： 徐福伟
封面设计： 郭亚非 **版式设计：** 郭亚红
出版发行： 百花文艺出版社
地址： 天津市和平区西康路 35 号 **邮编：** 300051
电话传真： +86-22-23332651（发行部）
+86-22-23332656（总编室）
+86-22-23332478（邮购部）
网址： http://www.baihuawenyi.com
印刷： 天津新华印务有限公司
开本： 787 毫米×1092 毫米 1/32
字数： 157 千字
印张： 5.875
版次： 2012 年 6 月第 1 版
印次： 2023 年 4 月第 2 次印刷
定价： 56.00元

如有印装质量问题，请与天津新华印务有限公司联系调换
地址：天津东丽开发区五经路 23 号
电话：(022)58160306 邮编：300300

晚華凝秀露劫後見霜
容澹定就遠道鏗然播佳
桐尺澤連滄海陋巷接
飛鴻文氣如雲舒直聲
盈蒼穹幾亂何足道
戰士文自雄雖曰老荒矣
凌雲志更宏無為思有
為芸齋豈荒之曲終能
再奏大雅貫長虹十集
成一帙功如岱宗崇

余衰病之年曾居镇南屡作关怀
慰勉之辞近又作五古一首嵌拙作十
書於内詩有魏晋风神声音清
越余喜而录之

一九九五年五月廿日上午

孫犁

孙犁送给女儿晓玲的书法手迹，乃抄录自曾镇南为孙犁晚年十本小集所作的题诗，其中嵌入了这十本小集的全部书名

一九五一年孙犁在天津水上公园留影

一九五八年孙犁在青岛疗养

一九六四年十月孙犁在天津蓟县盘山

目 录

平原的觉醒

一九三七年冬季，冀中平原是动荡不安的。秋季，滹沱河发了一场洪水，接着，就传来日本人已攻到保定的消息。每天，有很多逃难的人，扶老携幼，从北面涉水而来，和站在堤上的人们，简单交谈几句，就又慌慌张张往南走了。

“就要亡国了吗？”农民们站在堤上，望着茫茫大水，唉声叹气地说。

国民党的军队放下河南岸的防御工事，往南逃，县政府也雇了许多辆大车往南逃。有一天，郎仁渡口，有一个国民党官员过河，在船上打着一柄洋伞，敌机当成军事目标，滥加轰炸扫射。敌机走后，人们拾到很多像蔓菁粗的子弹头和更粗一些的空弹壳。日本人真的把战争强加在我们的头上来了。

我原来在外地的小学校教书，“七七”事变，我就没有去。这一年的冬季,我穿着灰色棉袍,经常往返于我的村庄和安平县城之间。由吕正操同志领导的人民自卫军司令部,就驻在县城里,我有几个过去的同事,在政治部工作。抗日人人有份,当时我虽然还没有穿上军衣,他们也分配我一些抗日宣传方面的工作。

我记得第一次是在家里编写了一本名叫《民族革命战争与戏剧》的小册子,政治部作为一个文件油印发行了。经过这些年的大动荡,居然保存下来一个复制本子。内容为:前奏。上篇:一、民族解放战争与艺术武器。二、戏剧的特殊性。三、中国劳动民众接近的戏剧。四、我们的口号。下篇:一、怎样组织剧团。二、怎样产生剧本。三、怎样演出。

接着,我还编了一本中外革命诗人的诗集,名叫《海燕之歌》,在县城铅印出版。厚厚的一本,紫红色的封面。因为印刷技术,留下一个螺丝钉头的花纹,意外地给阎素同志的封面设计,增加了一种有力的质感。

阎素同志是宣传部的干事,他从一个县城内的印字店找到一架小型简单的铅印机,还有一些零零散散大大小小的铅字。又找来几个从事过印刷行业的工人,就先印了这本,其实并非当务之急的书。经过"五一"大"扫荡",我再没有发现过这本书。

与此同时,路一同志主编了《红星》杂志,在第一期上,发表了我的一篇论文,题为《现实主义文学论》。这谈不上是我的著作,可以说是我那些年,学习社会科学和革命文学理论的读书笔记。其中引文太多了,王林同志当时看了,客气地讽刺说:“你怎么把我读过的一些重要文章,都摘进去了。”好大喜功、不拘小节的路一同志,却对这洋洋万言的“论文”,在他主编的刊物上出现,非常满意,一再向朋友们推荐,并说:“我们冀中真有人才呀!”

这篇论文,现在也不容易找到了。抗战刚刚胜利时,我在一家房东的窗台上翻了一次。虽然没有什么个人的独特见解,但行文叙事之间,有一股现在想来是难得再有的热情和泼辣之力。

《红星》是一种政治性刊物,这篇文章提出“现实主义”,有幸与“抗日民族统一战线”、“抗日游击战争”等等当前革命口号,同时提示到广大的抗日军民面前。

不久,我在区党委的机关报《冀中导报》,发表了《鲁迅论》,占了小报整整一版的篇幅。

青年时写文章,好立大题目,摆大架子,气宇轩昂,自有他好的一方面,但也有名不副实的一方面。后来逐渐知道扎实、委婉,但热力也有所消失。

一九三八年的春天,我算正式参加了抗日工作。那时冀中区成立一个统一战线的组织,叫人民武装自卫会。吕正操同志主持了成立大会,由史立德任主任,我当了宣传部长。会后,我和几个同志到北线蠡县、高阳、河间去组织分会,和新被提拔的在那些县里担任县政指导员的同志们打交道。这个会,我记得不久就为抗联所代替,七八月间,我就到设在深县的抗战学院去教书了。

这个学院由杨秀峰同志当院长,分民运、军事两院,共办了两期。第一期,我在民运院教抗战文艺。第二期,在军事院教中国近代革命史。

民运院差不多网罗了冀中平原上大大小小的知识分子,从高小生到大学教授。它设在深县中学里,以军事训练为主,教员都称为"教官"。在操场,搭了一个大席棚,可容五百人。横排一条条杉木,就是学生的座位。中间竖立一面小黑板,我就站在那里讲课。这样大的场面,我要大声喊叫,而一堂课是三个小时。

我没有讲义,每次上课前,写一个简单的提纲。每周讲两次。三个月的时间,我主要讲了:抗战文艺的理论与实际,文学概论和文艺思潮;革命文艺作品介绍,着重讲了现实主义的创作方法。

不管我怎样想把文艺和抗战联系起来，这些文艺理论上的东西，无论如何，还是和操场上的实弹射击，冲锋刺杀，投手榴弹，很不相称。

和我同住一屋的王晓楼，讲授哲学，他也感到这个问题。我们共同教了三个月的书以后，学员们给他的代号是“矛盾”，而赋予我的是“典型”，因为我们口头上经常挂着这两个名词。

杨院长叫我给学院写一个校歌歌词，我应命了，由一位音乐教官谱曲。现在是连歌词也忘记了，经过时间的考验，词和曲都没有生命力。

去文习武，成绩也不佳。深县驻军首长，赠给王晓楼一匹又矮又小的青马，他没有马夫，每天自己喂饮它。

有一天，他约我去秋郊试马。在学院附近的庄稼大道上，他先跑了一趟。然后，他牵马坠镫，叫我上去。马固然跑得不是样子，我这个骑士，也实在不行，总是坐不稳，惹得围观的男女学生拍手大笑，高呼“典型”。

在八年抗日战争和以后的解放战争期间，因为职务和级别，我始终也没有机会得到一匹马。我也不羡慕骑马的人，在不能称为千山万水，也有千水百山的征途上，我练出了两条腿走路的功夫,多么黑的天,多么崎岖的路,我也很少跌跤。

晓楼已经作古,我是很怀念他的,他是深泽人。阴历腊月,敌人从四面吞食冀中,不久就占领了深县城。学院分散,我带领了一个剧团,到乡下演出,就叫流动剧团。我们现编现演,常常挂上幕布,就发现敌情,把幕拆下,又到别村去演。演员穿着服装,带着化装转移,是常有的事。这个剧团,活动时间虽不长,但它的基本演员,建国后,很多人成为名演员。

一九三九年春天,我就调到阜平山地去了。这个学院的学员,从那时起,转战南北,在部队,在地方,都建树了不朽的功勋。

一九三七年冬季,冀中平原是大风起兮,人民是揭竿而起。农民的爱国家、爱民族的观念,是非常强烈的。在敌人铁蹄压境的时候,他们迫切要求执干戈以卫社稷。他们苦于没有领导,他们终于找到共产党的领导。

一九七八年十月六日

在阜平

——《白洋淀纪事》重印散记

中国青年出版社要重印《白洋淀纪事》。这本书是由过去几本小书合成的，而小书根据的原件，又多是战争年月的油印、石印或抄写本，不清晰，错字多。合印时，我在病中，未能亲自校对，上次重印，虽说“自校一过”，也只是着重校了书的上半部。

这本集子最初是由一位老战友协同出版社编辑的，采用了倒编年的办法，即把后写的排在前，而先写的列在后；这当然有他们的不可非议的想法，是一种好意。

这次重校，是从书的最后一篇，倒溯上去。实际上就是顺着写作年月看下去，好像又从原来的出发点开始，把过去走过的路，重新旅行了一次。不只对路上的一山一水，一石一树，都感到亲切，在行走中间，也时时有所感触。

一九三九年春天，我从冀中平原调到阜平一带山地，分配在晋察冀通讯社工作，这是新成立的一个机关，其中的干部，多半是刚刚从抗大毕业的学生。

通讯社在城南庄，这是阜平县的大镇。周围除去山，就是河滩沙石，我们住在一家店铺的大宅院里。我的日常工作是作“通讯指导”，每天给各地新发展的通讯员写信，最多可写到七八十封，现在已经记不起写的是什么内容。此外，我编写了一本供通讯员学习的材料，堂皇的题目叫做：《论通讯员及通讯写作诸问题》，可能是东抄西凑吧。不久铅印出版，是当时晋察冀少有的铅印书之一，可惜现在找不到了。

在这一期间，我认识了当代一些英才彦俊，抗日风暴中的众多歌手。伟大的抗日战争，把祖国各地各个角落的有志有为的青年，召唤到民族革命战争的前线。每天有成千上万的青年奔向前方，他们是国家一代的精华，蕴藏多年的火种，他们为抗日献出了青春的才力，无数人献出了生命。

这个通讯社成立时有十几个人，不到几年，就牺牲了包括陈辉、仓夷、叶烨在内的，好几位才华洋溢的青年诗人。在暴风雨中，他们的歌声，他们跃进的步伐，永不磨灭地存在一个时代和我个人的记忆之中。

机关不久就转移到平阳附近的三将台。这是一个建筑在高山坡上,面临一条河滩的,只有十几户人家的小村子。到这个村子不久,我被派到雁北地区作了一次随军采访，回来就过春节了。这还是我第一次离开家乡过春节，东望硝烟弥漫的冀中平原,心情十分沉重。

大年三十晚上,我的房东,端了一个黑粗瓷饭碗,拿了一双荆树条做的筷子,到我住的屋里,恭恭敬敬地放在炕沿上,说:

“尝尝吧。”

那碗里是一方白豆腐,上面是一撮烂酸菜,再上面是一个窝窝头,还在冒热气。我以极其感动的心情,接受了他的馈送。

房东是一个五十来岁的单身汉,他那干黑的脸,迟滞的眼神,带些愁苦的笑容以及暴露粗筋的大手,这在冀中我是见惯了的,一些穷苦的中年人,大都如此。这里的生活,比起冀中来就更苦,他们成年累月地吃糠咽菜,每家院子里放着几只高与人齐的大缸，里面泡满了几乎所有可以摘到手的树叶。在我们家乡,荒年时只吃榆树、柳树的嫩叶,他们这里是连杏树、杨树甚至蓖麻的大叶子,都拿回来泡在缸里。上面压上几块大石头，风吹日晒雨淋，夏天，蛆虫顺着缸沿到处爬。吃的时候，切成碎块，拿到河里去淘洗，回来放上一点盐。

今天的酸菜是白萝卜的缨子，这是只有过年过节才肯吃的。

我们在这村里，编辑一种油印的刊物《文艺通讯》。一位梁同志管刻写。印刷、折叠、装订、发行，我们俩共同做。他是一个中年人，曲阳口音，好像是从区里调来的。那时，虽说是五湖四海，却很少互问郡望。他很少说话，没事就拿起烟斗，坐在炕上抽烟。他的铺盖很整齐，离家近的缘故吧，除去被子，还有褥子枕头之类。后来，他要调到别处去，为了纪念我们这一段共事，他把一块铺在身下的油布送给了我，这对我当然是很需要的，因为我只有一条被，一直睡在没有席子的炕上。但也享受了不久，一次行军，中午躺在路边大石头上休息，把油布铺在下面，一觉醒来，爬起来就赶路，把油布丢了。

晚上，我还帮助一位姓李的女同志办识字班。她是一位热情、美丽、善良的青年，经过她的努力，把新的革命的文化，带给了这个偏僻落后的小村庄，并且因为我们的机关驻在这里，它不久就成为边区文化的一个中心。

阜平一带，号称穷山恶水。在这片炮火连天的大地上，随时可以看到：一家农民，住在高高的向阳山坡上，他把房前房后，房左房右，高高低低的，大大小小的，凡是有泥土的地方，都因地制宜，栽上庄稼。到秋天，各处有各处的收获。于是，在他的房顶上面，屋檐下面，门框和窗棂上，挂满了红的、黄的粮穗和瓜果。当时，党领导我们在这片土地上工作的情形，就是如此。

山下的河滩不广，周围的芦苇不高。泉水不深，但很清澈，冬夏不竭，鱼儿们欢畅地游着，追逐着。山顶上，秃光光的，树枯草白，但也有秋虫繁响，很多石鸡、鹧鸪飞动着，孕育着，自得其乐地唱和着，山兔麅獐，忽然出现又忽然消失。

当时，我们在这里工作，天地虽小，但团结一致，情绪高涨；生活虽说艰苦，但工作效率很高。

我非常怀念经历过的那一个时代，生活过的那些村庄，作为伙伴的那些战士和人民。我非常怀念那时走过的路，踏过的石块，越过的小溪。记得那些风雪、泥泞、饥寒、惊扰和胜利的欢乐，同志们兄弟一般的感情。

在这一地区，随着征战的路，开始了我的文学的路。我写了一些短小的文章，发表在那时在艰难条件下出版的报纸期刊上。它们都是时代的仓促的记录，有些近于原始材料。有所闻见，有所感触，立刻就表现出来，是璞不是玉。生活就像那时走在崎岖的山路上，随手可以拾到的碎小石块，随便向哪里一碰，都可以迸射出火花来。

“四人帮”当路的年代，我的书的遭遇如同我的本身。有人也曾劝我把《白洋淀纪事》改一改，我几乎没加思考地拒绝了。如果按照“四人帮”的立场、观点、方法，还有他们那一套语言，去篡改抗日战争，那不只有背于历史，也有昧于天良。我宁可沉默。

真正的历史，是血写的书，抗日战争也是如此。真诚的回忆，将是明月的照临，清风的吹拂，它不容有迷雾和尘沙的干扰。面对祖国的伟大河山，循迹我们漫长的征途：我们无愧于党的原则和党的教导吗？无愧于这一带的土地和人民对我们的支援吗？无愧于同志、朋友和伙伴们在战斗中形成的情谊吗？

一九七七年九月十八日

装书小记

——关于《子夜》的回忆

最近,《人民文学》编辑部,赠送我一本新版的《子夜》,我就利用原来的纸封,给它包上新的书皮。这是童年读书时期养成的一种爱护书籍的习惯,一直没有改,遇到心爱的书,总得先把它保护好,然后才看着舒适放心。

前几年,当我的书籍发还以后,我发见其中现代和当代文艺作品,《辞源》和各种大辞典全部不见了,这是可以理解的。而有关书目的书,也全部丢失,这就使我颇为奇怪。难道在执事诸公中间,竟有人发思古之幽情,对这门冷僻的学科,忽然发生了学习的兴趣,想借此机会加以研究和探讨吗?据一位当事人员对我说:你是书籍的大户,所以还能保留下这么多。那些零星小户,想找回一本也困难了。

对这些残存的书,我差不多无例外地给它们包裹了新装，也是利用一些旧封套，这种工作，几乎持续了两年之久。因为书籍在外播迁日久，不只蒙受了风尘，而且因为搬来运去，大部分也损伤了肌体。把它们修整修整，换件新衣，也是纪念它们经历一番风雨之后，面貌一新的意思。

每逢我坐在桌子前面，包裹书籍的时候，我的心情是非常平静，很是愉快的。一个女同志曾说，看见我专心致志地修补破书的样子，就和她织毛活，补旧衣一样，确实是很好的休息脑子的工作。

是这样。我对书有一种强烈的，长期积累的，职业性的爱好。一接触书，我把一切都会忘记，把它弄得整整齐齐，干干净净，我觉得是至上的愉快。现在，面对的是久别重逢的旧友，虽然也有石兄久违之叹，苦无绛芸警辟之辞，只是包书皮而已。

至于《子夜》，我原来有一本初版本。这是在三十年代初很不容易才得到的。《子夜》的出版，是中国革命文坛上的一件大事。鲁迅先生很为这一重大收获高兴，在他的书信集中，我们可以看到，他当时写信给远在苏联的朋友说：我们有《子夜》，他们写不出。我们，是指左联；他们，是指国民党御用文人。

当时，我正在念高中，多么想得到这本书。先在图书馆借来看了，然后把读书心得写成一篇文章，投稿给开明书店办的《中学生》杂志。文章被采用了，登在年终增刊上，给了我二元钱的书券，正好，我就用这钱，向开明书店买了一本《子夜》。书是花布面黄色道林纸精装本，可以想象我是多么珍惜它。

越是珍惜的东西，越是容易失去。我的书，在抗日战争期间，全部损失。敌人对游击区的政策是“三光”，何况是书！这且不去谈它。有些书，却是家人因为怕它招灾惹祸——可以死人，拿它来烧火做饭了。

胜利以后，我曾问过我的妻子：你拿我的书烧火，就不心痛吗？

她说：怎么不心痛？一是你心爱的东西；二是省吃俭用拿钱买来的。我把它们堆在灶火膛前，挑挑捡捡舍不得烧。但一想到上次被日本人发现的危险情景，就合眉闭眼把它扔进火里去了。有些书是布皮，我就撕下来，零碎用了。

我从她的谈话中，明白了《子夜》可能遭到的下场。

人类发明了文字，有了书籍以来，无论是策、札、纸、帛，抄写或印刷，书籍在赋予人类以知识与智慧的同时，它自己也不断遭遇着兴亡、成败、荣辱、聚散，存在或消失的两种极其相反的命运。但好的,对人类有用的书,是不会消灭的,总会流传下来,这是书籍的一种特殊天赋。

我初读《子夜》的时候,保定这个北方的古老城市,好像时时刻刻都在预报着时代的暴风雨。圣洁的祖国土地,已经遭受了日本帝国主义的两次凌暴,即“九一八”事变和“一·二八”事变。革命的书籍——新兴社会科学和十月革命以后的文学,在大大小小的书店里,无所顾忌地陈列着,有的就摆在街头地下出卖,非常齐全,价格便宜。在这一时期,我生吞活剥地读了几种马列主义的经典著作,初步得到了一些辩证法和唯物主义的知识。

二十年代和三十年代的交接期,是革命思想大传播的时代,茅盾同志创作《子夜》,也是在这种潮流下,想用社会分析的方法,反映中国社会的经济结构、阶级关系和阶级斗争,并力图以这部小说来推动这个伟大的潮流。我从这个想法出发,写了那篇读后感,文章很短。

在那一时期,假的马克思主义,即挂羊头卖狗肉的书籍也不少,青年人一时难以辨认,常常受骗上当。有些杂志,不只名字引人,封面都是深红色的,显得非常革命,里面马列主义的引文也不少,但实际上是反马列主义的,这是后来经鲁迅先生指出,我才得明白的。

但青年学生也究竟从马列主义的原著,从一些真正革命的作家那里,初步获得了正确的革命观点,运用到他们的创作和行动之中。

一九七八年春天

吃粥有感

我好喝棒子面粥，几乎长年不断，晚上多煮一些，第二天早晨，还可以吃一顿。秋后，如果再加些菜叶、红薯、胡萝卜什么的，就更好吃了。冬天坐在暖炕上，两手捧碗，缩脖而啜之，确实像郑板桥说的，是人生一大享受。

有人向我介绍，胡萝卜营养价值很高，它所含的维生素，较之名贵的人参，只差一种，而它却比人参多一种胡萝卜素。我想，如果不是人们一向把它当成菜蔬食用，而是炮制成为药物，加以装潢，其功效一定可以与人参旗鼓相当。

是一九四二年的冬天吧，日寇又对晋察冀边区进行“扫荡”，我们照例是化整为零，和敌人周旋。我记得我和诗人曼晴是一个小组，一同活动。曼晴的诗朴素自然，我曾写短文介绍过了。他的为人，和他那诗一样，另外多一种对人诚实的热情。那时以热情著称的青年诗人很有几个，陈布洛是最突出的一个,很久见不到他的名字了。

我和曼晴都在边区文协工作,出来打游击,每人只发两枚手榴弹。我们的武器就是笔,和手榴弹一同挂在腰上的,还有一瓶蓝墨水。我们都负有给报社写战斗通讯的任务。我们也算老游击战士了,两个人合计了一下,先转到敌人的外围去吧。

天气已经很冷了。山路冻冰,很滑。树上压着厚霜,屋檐上挂着冰柱,山泉小溪都冻结了。好在我们已经发了棉衣,穿在身上了。

一路上,老乡也都转移了。第一夜,我们两个宿在一处背静山坳拦羊的圈里,背靠着破木栅板,并身坐在羊粪上,只能避避夜来寒风,实在睡不着觉的。后来,曼晴就用《羊圈》这个题目,写了一首诗。我知道,就当寒风刺骨、几乎是露宿的情况下,曼晴也没有停止他的诗的构思。

第二天晚上,我们游击到了一个高山坡上的小村庄,村里也没人,门子都开着。我们摸到一家炕上,虽说没有饭吃,却好好睡了一夜。

清早,我刚刚脱下用破军装改制成的裤衩,想捉捉里面的群虱,敌人的飞机就来了。小村庄下面是一条大山沟,河滩里横倒竖卧都是大顽石,我们跑下山,隐蔽在大石下面。飞机沿着山沟上空，来回轰炸。欺侮我们没有高射武器，它飞得那样低，好像擦着小村庄的屋顶和树木。事后传说，敌人从飞机的窗口，抓走了坐在炕上的一个小女孩。我把这一情节，写进一篇题为《冬天，战斗的外围》的通讯，编辑刻舟求剑，给我改得啼笑皆非。

飞机走了以后，太阳已经很高。我在河滩上捉完裤衩里的虱子，肚子已经咕咕地叫了。

两个人勉强爬上山坡，发现了一小片胡萝卜地。因为战事，还没有收获。地已经冻了，我和曼晴用木棍掘取了几个胡萝卜，用手擦擦泥土，蹲在山坡上，大嚼起来。事隔四十年，香美甜脆，还好像遗留在唇齿之间。

今晚喝着胡萝卜棒子面粥，忽然想到此事。即兴写出，想寄给自从一九六六年以来，就没有见过面的曼晴。听说他这些年是很吃了一些苦头的。

一九七八年十二月二十日夜

服装的故事

我远不是什么纨袴子弟，但靠着勤劳的母亲纺线织布，粗布棉衣，到时总有的。深感到布匹的艰难，是在抗战时参加革命以后。

一九三九年春天，我从冀中平原到阜平一带山区，那里因为不能种植棉花，布匹很缺。过了夏季，渐渐秋凉，我们什么装备也还没有。我从冀中背来一件夹袍，同来的一位同志多才多艺，他从老乡那里借来一把剪刀，把它裁开，缝成两条夹褥，铺在没有席子的土炕上。这使我第一次感到布匹的难得和可贵。

那时我在新成立的晋察冀通讯社工作。冬季，我被派往雁北地区采访。雁北地区，就是雁门关以北的地区，是冰天雪地，大雁也不往那儿飞的地方。我穿的是一身粗布棉袄裤，我身材高，脚腕和手腕，都有很大部位暴露在外面。

每天清早在大山脚下集合,寒风凛冽。有一天在部队出发时，一同采访的一位同志把他从冀中带来的一件日本军队的黄呢大衣,在风地里脱下来,给我穿在身上。我第一次感到了战斗伙伴的关怀和温暖。

一九四一年冬天,我回到冀中,有同志送给我一件狗皮大衣筒子。军队夜间转移,远近狗叫,就会暴露自己。冀中区的群众,几天之内,就把所有的狗都打死了。我把皮子拿回家去,我的爱人,用她织染的黑粗布,给我做了一件短皮袄。因为狗皮太厚,做起来很吃力,有几次把她的手扎伤。我回路西的时候,就珍重地带它过了铁路。

一九四三年冬季,敌人在晋察冀边区“扫荡”了整整三个月。第二年开春，我刚刚从山西的繁峙一带回到阜平,就奉命整装待发去延安。当时,要领单衣,把棉衣换下。因为我去晚了,所有的男衣,已发完,只剩下带大襟的女衣,没有办法,领下来。这种单衣的颜色,是用土靛染的,非常鲜艳,在山地名叫“月白”。因是女衣,在宿舍换衣服时,我犹豫了,这穿在身上像话吗?

忽然有两个女学生进来——我那时在华北联大高中班教书。她们带着剪刀针线，立即把这件女衣的大襟撕下,缝成一个翻领,然后把对襟部位缝好,变成了一件非常时髦的大翻领钻头衬衫。她们看着我穿在身上,然后拍手笑笑走了,也不知道是赞美她们的手艺,还是嘲笑我的形象。

然后,我们就在枣树林里站队出发。

这一队人马，走在去往革命圣地延安的漫长而崎岖的路上,朝霞晚霞映在我们鲜艳的服装上。如果叫现在城市的人看到,一定要认为是奇装异服了。或者只看我的描写,以为我在有意歪曲、丑化八路军的形象。但那时山地群众并不以为怪，因为他们在村里村外常常看到穿这种便衣的工作人员。

路经盂县,正在那里下乡工作的一位同志,在一个要道口上迎接我,给我送行。初春,山地的清晨,草木之上,还有霜雪。显然他已经在那里等了很久,浓黑的鬓发上,也挂有一些白霜。他在我们行进的队伍旁边,和我握手告别,说了很简短的话。

应该补充,在我携带的行李中间,还有他的一件日本军用皮大衣,是他过去随军工作时,获得的战利品。在当时,这是很难得的东西,大衣做得坚实讲究:皮领,雨布面,上身是丝绵,下身是羊皮,袖子是长毛绒。羊皮之上,还带着敌人的血迹。原来坚壁在房东家里,这次出发前,我考虑到延安天气冷,去找我那件皮衣,找不到,就把他的拿起来。

初夏,我们到绥德,休整了五天。我到山沟里洗了个澡。这是条向阳的山沟,小河的流水很温暖,水冲激着沙石,发出清越的声音。我躺在河中间一块平滑的大石板上,温柔的水,从我的头部胸部腿部流过去,细小的沙石常常冲到我的口中。我把女同学们给我做的衬衣,洗好晾在石头上,干了再穿。

我们队长到晋绥军区去联络,回来对我说:吕正操副司令员要我到他那里去。一天上午,我就穿着这样一身服装,到了他那庄严的司令部。那件艰难携带了几千里路的大衣,到延安不久,就因为一次山洪暴发,同我所有的衣物,卷到延河里去了。

这次水灾以后,领导上给我发了新的装备,包括一套羊毛棉衣。这种棉衣当然不错,不过有个缺点,穿几天,里面的羊毛就往下坠,上半身成了夹的,下半身则非常臃肿。和我一同到延安去的一位同志,要随王震将军南下,他们发的是絮棉花的棉衣,他告诉我路过桥儿沟的时间,叫我披着我那件羊毛棉衣,在街口等他,当他在那里走过的时候,我们俩“走马换衣”,他把那件难得的真正棉衣换给了我。因为既是南下,越走天气越暖和的。

这年冬季, 女同学们又把我的一条棉褥里的棉花取出来,把我的棉裤里的羊毛换进去,于是我又有了一条名副其实的棉裤。她们又给我打了一双羊毛线袜和一条很窄小的围巾,使我温暖愉快地过了这一个冬天。

这时,一位同志新从敌后到了延安,他身上穿的竟是我那件狗皮袄,说是另一位同志先穿了一阵,然后转送给他的。

一九四五年八月,日本投降,我们又从延安出发,我被派作前站,给女同志们赶了很长一段时间的毛驴。那些婴儿们,装在两个荆条筐里,挂在母亲们的两边。小毛驴一走一颠,母亲们的身体一摇一摆,孩子们像燕雏一样,从筐里探出头来,呼喊着,玩闹着,和母亲们爱抚的声音混在一起,震荡着漫长的欢乐的旅途。

冬季我们到了张家口, 晋察冀的老同志们开会欢迎我们,穿戴都很整齐。一位同志看我还是只有一身粗布棉袄裤,就给我一些钱,叫我到小市去添补一些衣物。后来我回冀中,到了宣化,又从一位同志的床上,扯走一件日本军官的黄呢斗篷,走了整整十四天,到了老家,披着这件奇形怪状的衣服,与久别的家人见了面。这仅仅是记得起来的一些，至于战争年代里房东老大娘、大嫂、姐妹们为我做鞋做袜，缝缝补补，那就更是一时说不完了。

我们在和日本帝国主义、蒋帮作战的时候，穿的就是这样。但比起上一代的老红军战士，我们的物质条件就算好得多了。

穿着这些单薄的衣服，我们奋勇向前。现在，那些刺骨的寒风，不再吹在我的身上，但仍然吹过我的心头。其中有雁门关外挟着冰雪的风，有冀中平原卷着黄沙的风，有延河两岸虽是严冬也有些温暖的风。我们穿着这些单薄的衣服，在冰冻石滑的山路上攀登，在深雪中滚爬，在激流中强渡。有时夜雾四塞，晨霜压身，但我们方向明确，太阳一出，歌声又起。

一九七七年十一月二十六日改完

童年漫忆

听说书

我的故乡的原始住户，据说是山西的移民，我幼小的时候，曾在去过山西的人家，见过那个移民旧址的照片，上面有一株老槐树，这就是我们祖先最早的住处。

我的家乡离山西省是很远的，但在我们那一条街上，就有好几户人家，以长年去山西做小生意，维持一家人的生活，而且一直传下好几辈。他们多是挑货郎担，春节也不回家，因为那正是生意兴隆的季节。他们回到家来，我记得常常是在夏秋忙季。他们到家以后，就到地里干活，总是叫他们的女人，挨户送一些小玩艺或是蚕豆给孩子们，所以我的印象很深。

其中有一个人，我叫他德胜大伯，那时他有四十岁上下。每年回来,如果是夏秋之间农活稍闲的时候,我们一条街上的人,吃过晚饭,坐在碾盘旁边去乘凉。一家大梢门两旁,有两个柳木门墩,德胜大伯常常被人们推请坐在一个门墩上面,给人们讲说评书,另一个门墩上,照例是坐一位年纪大辈数高的人,和他对称。我记得他在这里讲过《七侠五义》等故事,他讲得真好,就像一个专业艺人一样。

他并不识字, 这我是记得很清楚的。他长年在外,他家的大娘,因为身材高,我们都叫她"大个儿大妈"。她每天挎着一个大柳条篮子,敲着小铜锣卖烧饼果子。德胜大伯回来,有时帮她记记账,他把高粱的茎秆,截成笔帽那么长,用绳穿结起来,横挂在炕头的墙壁上,这就叫"账码",谁赊多少谁还多少, 他就站在炕上, 用手推拨那些茎秆儿,很有些结绳而治的味道。

他对评书记得很清楚,讲得也很熟练,我想他也不是花钱到娱乐场所听来的。他在山西做生意,长年住在小旅店里,同住的人,干什么的也有,夜晚没事,也许就请会说评书的人, 免费说两段, 为长年旅行在外的人们消愁解闷,日子长了,他就记住了全部。

他可能也说过一些山西人的风俗习惯, 因为我年岁小,对这些没兴趣,都忘记了。

德胜大伯在做小买卖途中,遇到瘟疫,死在外地的荒村小店里。他留下一个独生子叫铁锤。前几年,我回家乡,见到铁锤,一家人住在高爽的新房里,屋里陈设,在全村也是最讲究的。他心灵手巧,能做木工,并且能在玻璃片上画花鸟和山水,大受远近要结婚的青年农民的欢迎。他在公社担任会计,算法精通。

德胜大伯说的是评书,也叫平话,就是只凭演说,不加伴奏。在乡村,麦秋过后,还常有职业性的说书人,来到街头。其实,他们也多半是业余的,或是半职业性的。他们说唱完了以后,有的由经管人给他们敛些新打下的粮食;有的是自己兼做小买卖,比如卖针,在他说唱中间,由一个管事人,在妇女群中,给他卖完那一部分针就是了。这一种人,多是说快书,即不用弦子,只用鼓板。骑着一辆自行车,车后座作鼓架。他们不说整本,只说小段。卖完针,就又到别的村庄去了。

一年秋后,村里来了弟兄三个人,推着一车羊毛,说是会说书,兼有擀毡条的手艺。第一天晚上,就在街头说了起来,老大弹弦,老二说《呼家将》,真正的西河大鼓,韵调很好。村里一些老年的书迷,大为赞赏。第二天就去给他们张罗生意,挨家挨户去动员:擀毡条。

他们在村里住了三四个月,每天夜晚说《呼家将》。冬天天冷,就把书场移到一家茶馆的大房子里。有时老二回老家运羊毛,就由老三代说,但人们对他的评价不高,另外,他也不会说《呼家将》。

眼看就要过年了,呼延庆的擂还没打成。每天晚上预告,明天就可以打擂了,第二天晚上,书中又出了岔子,还是打不成。人们盼呀,盼呀,大人孩子都在盼。村里娶儿聘妇要擀毡条的主,也差不多都擀了,几个老书迷,还在四处动员:

“擀一条吧,冬天铺在炕上多暖和呀!再说,你不擀毡条,呼延庆也打不了擂呀!”

直到腊月二十老几,弟兄三个看着这村里实在也没有生意可做了,才结束了《呼家将》。他们这部长篇,如果整理出版,我想一定也有两块大砖头那么厚吧。

第一个借给我《红楼梦》的人

我第一次读《红楼梦》,是十岁左右还在村里上小学的时候。我先在西头刘家,借到一部《封神演义》,读完了,又到东头刘家借了这部书。东西头刘家都是以屠宰为业,是一姓一家。刘姓在我们村里是仅次于我们姓的大户,其实也不过七八家,因为这是一个很小的村庄。

从我能记忆起,我们村里有书的人家,几乎没有。刘家能有一些书,是因为他们所经营的近似一种商业。农民读书的很少,更不愿花钱去买这些“闲书”。那时,我只能在庙会上看到书,书摊小贩支架上几块木板,摆上一些石印的,花纸或花布套的,字体非常细小,纸张非常粗黑的《三字经》、《玉匣记》,唱本、小说。这些书可以说是最普及的廉价本子,但要买一部小说,恐怕也要花费一两天的食用之需。因此,我的家境虽然富裕一些,也不能随便购买。我那时上学念的课本,有的还是母亲求人抄写的。

东头刘家有兄弟四人, 三个在少年时期就被生活所迫,下了关东。其中老二一直没有回过家,生死存亡不知。老三回过一次家,还是不能生活,只在家过了一个年,就又走了,听说他在关东,从事的是一种非常危险的勾当。

家里只留下老大,他娶了一房童养媳妇,算是成了家。他的女人,个儿不高,但长得颇为端正俊俏,又喜欢说笑,人缘很好,家里长年设着一个小牌局,抽些油头,补助家用。男的还是从事屠宰，但已经买不起大牲口，只能剥个山羊什么的。

老四在将近中年时，从关东回来了，但什么也没有带回来。这人长得高高的个子，穿着黑布长衫，走起路来，“蛇摇担晃”。他这种走路的姿势，常常引起家长们对孩子的告诫，说这种走法没有根柢，所以他会吃不上饭。

他叫四喜，论乡亲辈，我叫他四喜叔。我对他的印象很好。他从东头到西头，扬长地走在大街上，说句笑话儿，惹得他那些嫂子辈的人，骂他“贼兔子”，他就越发高兴起来。他对孩子们尤其和气。有时，坐在他家那旷荡的院子里，拉着板胡，唱一段清扬悦耳的梆子，我们听起来很是入迷。他知道我好看书，就把他的一部《金玉缘》借给了我。

哥哥嫂子，当然对他并不欢迎，在家里，他已经无事可为，每逢集市，他就挟上他那把锋利明亮的切肉刀，去帮人家卖肉。他站在肉车子旁边，那把刀，在他手中熟练而敏捷地摇动着，那煮熟的牛肉、马肉或是驴肉，切出来是那样薄，就像木匠手下的刨花一样，飞起来并且有规律地落在那圆形的厚而又大的肉案边缘，这样，他在给顾客装进烧饼的时候，既出色又非常方便。他是远近知名的“飞刀刘四”。现在是英雄落魄，暂时又有用武之地。在他从事这种工作的时候，你可以看到，他高大的身材，在一层层顾客的包围下，顾盼神飞，谈笑自若。可以想到，如果一个人，能永远在这样一种状态中存在，岂不是很有意义，也很光荣？

等到集市散了，天也渐渐晚了，主人请他到饭铺吃一顿饱饭，还喝了一些酒。他就又挟着他那把刀回家去。集市离我们村只有三里路。在路上，他有些醉了，走起来，摇晃得更厉害了。

对面来了一辆自行车。他忽然对着人家喊：

“下来！”

“下来干什么？”骑自行车的人，认得他。

“把车子给我！”

“给你干什么？”

“不给，我砍了你！”他把刀一扬。

骑车子的人回头就走，绕了一个圈子，到集市上的派出所报了案。

他若无其事地回到家里，也许把路上的事忘记了。当晚睡得很香甜。第二天早晨，就被捉到县城里去。

那时正是冬季，农村很动乱，每天夜里，绑票的枪声，就像大年五更的鞭炮。专员正责成县长加强治安，县长不分青红皂白，就把他枪毙，作为成绩向上级报告了。他家里的人没有去营救，也不去收尸。一个人就这样完结了。

他那部《金玉缘》，当然也就没有了下落。看起来，是生活决定着他的命运，而不是书。而在我的童年时代，是和小小的书本同时，痛苦地看到了严酷的生活本身。

一九七八年春天

保定旧事

我的家乡，距离保定，有一百八十里路。我跟随父亲在安国县，这样就缩短了六十里路。去保定上学，总是雇单套骡车，三个或两个同学，合雇一辆。车是前一天定好，刚过半夜，车夫就来打门了。他们一般是很守信用，绝不会误了客人行程的。于是抱行李上车。在路上，如果你高兴，车夫可以给你讲故事；如果你困了，要睡觉，他便停止，也坐在车前沿，抱着鞭子睡起来。这种旅行，虽在深夜，也不会迷失路途。因为学生们开学，路上的车，连成了一条长龙。牲口也是熟路，前边停下，它也停下；前边走了，它也跟着走起来，这样一直走到唐河渡口，天也就大亮了。如果是春冬天，在渡口也不会耽搁多久。车从草桥上过去，桥头上站着一个人，一边和车夫们开着玩笑，一边敲讹着学生们的过路钱。

中午，在温仁或是南大冉打尖。一进街口，便有望不到头的各式各样的笊篱，挂在大街两旁的店门口。店伙们站在门口，喊叫着，招呼着，甚至拦截着，请车辆到他的店中去。但是，这不会酿成很大的混乱，也不会因为争夺生意，互相吵闹起来。因为店伙们和车夫们都心中有数，谁是哪家的主顾，这是一生一世，也不会轻易忘情和发生变异的。

一进要停车打尖的村口，车夫们便都神气起来。那种神气是没法形容的，只有用他们的行话，才能说明万一。这就是那句社会上公认的成语：“车喝儿进店，给个知县也不干！”

确实如此，车夫把车喝住，把鞭子往车卒上一插，便什么也不管，径到柜房，洗脸，喝茶，吃饭去了。一切由店伙代劳。酒饭钱，牲口草料钱，自然是从乘客的饭钱中代付了。

牲口、人吃饱了，喝足了，连知县都不想干的车夫们，一个个喝得醉醺醺的，蜂拥着从柜房出来，催客人上路。其实，客人们早就等急了，天也不早了。这时，人欢马腾，一辆辆车赶得要飞起来，车夫坐在车上，笑嘻嘻地回头对客人说：

“先生，着什么急？这是去上学，又不是回家，有媳妇等着你！”

“你该着急呀，”一些年岁大的客人说：“保定府，你有相好的吧！”

“那误不了，上灯以前赶到就行！”车夫笑着说。

一进校门，便是黄卷青灯的生活。

这是一所私立中学，设在西关外一条南北街上。这是一条很荒凉的小街道，但庄严地坐落着一所大学和两所中等学校。此外就只有几家小饭铺，三两处糖摊。

整个保定的街道，都是坑坑洼洼，尘土飞扬的。那时谁也没想过，这个府城为什么这样荒凉，这样破旧，这样萧条。也没有谁想到去建设它，或是把它修整修整。谁也没有去注意这个城市的市政机关设在哪里，也看不到一个清扫街道的工人。

从学校进城去，还有一条斜着通到西门的坎坷的土马路，走过一座卖包子和罩火烧的小楼，便是护城河的石桥。秋冬风沙大，接近城门时，从门洞刮出的风又冷又烈，就得侧着身子或背着身子走。在转身的一刹那，常常会看到，在城门一边的墙上，挂着一个小木笼，这就是在那个年代，视为平常的，被灰尘蒙盖了的，血肉模糊的示众的首级。

经常有些杂牌军队，在西关火车站驻防。星期天，在石桥旁边那家澡堂里，可以看到好多军人洗澡。在马路上，三两成群的外出士兵，一般都不携带枪支，而是把宽厚的皮带握在手里。黄昏的时候，常常有全副武装的一小队人，匆匆忙忙在街上冲过，最前边的一个人，抱着灵牌一样的纸糊大令。城门上悬挂的物件，就全是他们的作品。

如果遇到什么特别重要的人物来了，比如当时的张学良，则临时戒严，街上行人，一律面向墙壁，背后排列着也是面向墙壁的持枪士兵。

这个城市，就靠几所学校维持着，成为中国北方除北平以外著名的文化古城。

如果不是星期天，城里那条最主要的街道——西大街上，是很少行人的。两旁店铺的门，有的虚掩着，有的干脆就关闭。有名的市场“马号”里，游人也是寥寥无几。这个市场，高高低低，非常阴暗。各个小铺子里的店员们，呆呆地站在柜台旁边，有的就靠着柜台睡着了。

只有南门外大街上，几家小铁器铺里，传出叮叮当当的响声；另外，从西关水磨那里，传来哗哗的流水声。此外，这就是一座灰色的，没有声音的，城南那座曹锟花园，也没有几个游人的，窒息了的城市。

那时候，只是一家单纯的富农，还不能供给一个中学生；一家普通地主，不能供给一个大学生。必须都兼有商业资本或其他收入。这样，在很长时间里，文化和剥削，发生着不可分割的关联。

这所私立的中学，一个学生一年要交三十六元的学费(买书在外)。那时，农民出售三十斤一斗的小麦，也不过收入一元多钱。

这所中学，不只在保定，在整个华北也是有名的。它不惜重金，礼聘有名望的教员，它的毕业生，成为天津北洋大学录取新生的一个主要来源。同时，不惜工本，培养运动员。北平师范大学体育系，每期差不多由它包办了。它是在篮球场上，一度成为舞台上的梅兰芳那样的明星，王玉增的母校。

它也是那些从它这里培养，去法国勤工俭学，归来后成为一代著名人物的人们的母校。

当我进校的时候，它还附设着一个铁工厂，又和化学教员合办了一个制革厂，都没有什么生意，学生也不到那里去劳动，勤工俭学，已经名存实亡了。

学校从操场的西南角，划出一片地方，临着街盖了一排教室，办了一所平民学校。

在我上高二的时候，我有一个要好的同班生，被学校任命为平民学校的校长。他见我经常在校刊上发表小说，就约我去教女高小二年级的国文。

被教育了这么些年，一旦要去教育别人，确是很新鲜的事。听到上课的铃声，抱着书本和教具，从教员预备室里出来，严肃认真地走进教室。教室很小，学生也不多，只有五六个人。她们肃静地站立起来，认真地行着礼。

平民学校的对门，就是保定第二师范。在那灰色的大围墙里面，它的学生们，正在进行实验苏维埃的红色革命。国家民族处在生死存亡危急的关头，“九一八”、“一·二八”事变，在学生平静的读书生活里，像投下两颗炸弹，许多重大迫切的问题，涌到青年们的眼前，要求每个人做出解答。

我写了韩国志士谋求独立的剧本，给学生们讲了法国和波兰的爱国小说，后来又讲了十月革命的短篇作品。

班长王淑，坐在最前排中间位置上。每当我进来，她喊着口令，声音沉稳而略带沙哑。她身材矮小，面孔很白，眼睛在她那小而有些下尖的脸盘上，显得特别的黑和特别的大。油黑的短头发,分下来紧紧贴在两鬓上。嘴很小,下唇丰厚,说话的时候,总带着轻微的笑。

她非常聪明,各门功课都是出类拔萃的,大楷和绘画,我是望尘莫及的。她的作文,紧紧吻合着时代,以及我教课的思想和感情。有说不完的意思,她就写很长的信,寄到我的学校,和我讨论,要我解答。

我们的校长,曾经跟随过孙中山先生,后来,有人说他成了国家主义派,专门办教育了。他住在学校第二层院的正房里。学校原是由一座旧庙改建的,他所住的,就是庙宇的正殿。他是道貌岸然的,长年袍褂不离身。很少看见他和人谈笑,却常常看到他在那小小的庭院里散步,也只是限于他门前那一点点地方。一九二七年以后, 每次周会,能在大饭堂听到他的清楚简短的讲话。

训育主任的办公室, 设在学生出入必须经过的走廊里。他坐在办公桌上,就可以对出入学校大门的人,一览无余。他觉得这还不够,几乎无时不在那一丈多长的走廊中间,来回踱步。师道尊严,尤其是训育主任,左规右矩,走路都要给学生做出楷模。他高个子,西服革履,一脸杀气——据说曾当过连长,眼睛平直前望,一步迈出去,那种慢劲和造作劲，和仙鹤完全一样。

他的办公室的对面，是学生信架，每天下午课后，学生们到这里来，看有没有自己的信件。有一天，训育主任把我叫到他的办公室，用简短客气的话语，免去了我在平校的教职。显然是王淑的信出了毛病。

我的讲室，在面对操场的那座二层楼上。每次课间休息，我们都到走廊上，看操场上的学生们玩球。平校的小小院落，看得很清楚。随着下课铃响，我看见王淑站在她的课堂门前的台阶上，用忧郁的、大胆的、厚意深情的目光，投向我们的大楼之上。如果是下午，阳光直射在她的身上。她不顾同学们从她身边跑进跑出，直到上课的铃声响完，她才最后一个转身进入教室。

我从农村来，当时不太了解王淑的家庭生活。后来我才知道，这叫做城市贫民。她的祖先，不知在一种什么境遇下，在这个城市住了下来，目前生活是很穷困的了。她的母亲，只能把她押在那变化无常的，难以捉摸的，生活或者叫做命运的棋盘上。

城市贫民和农村的贫农不一样。城市贫民，如果他的祖先阔气过，那就要照顾生活的体面。特别是一个女孩子，她在家里可以吃不饱，但出门之时，就要有一件像样的衣服穿在身上。如果在冬天，就还要有一条宽大漂亮的毛线围巾，披在肩头。

当她因为眼病，住了西关思罗医院的时候，我又知道她家是教民，这当然也是为了得到生活上的救济。我到医院去看望了她，她用纱布包裹着双眼，像捉迷藏一样。她母亲看见我，就到外边买东西去了。在那间小房子里，王淑对我说了情意深长的话。医院的人来叫她去换药，我也告辞，她走到医院大楼的门口，回过身来，背靠着墙，向我的方位站了一会。

这座医院，是一座外国人办的医院，它有一带大围墙，围墙以内就成了殖民地。我顺着围墙往外走，经过一片杨树林。有一个小教民，背着柴筐从对面走来，向我举起拳头示威。是怕我和他争夺秋天的败枝落叶呢？还是意识到主子是外国人，自己也高人一等？

王淑和我年岁相差不多，她竟把我当作师长，在茫茫的人生原野上，希望我能指引给她一条正确的路。我很惭愧，我不是先知先觉，我很平庸，不能引导别人，自己也正在苦恼地从书本和实践中探索。训育主任，想叫学生循着他所规定的，像操场上田径比赛时，用白粉划定的跑道前进，这也是不可能的。时代和生活的波涛，不断起伏。在抗日大浪潮的推动下,我离开了保定,到了距离她很远的地方。

我不知道,生活把王淑推到了什么地方,我想她现在一定生活得很幸福。

那种苦雨愁城,枯柳败路的印象,很自然地一扫而光。

一九七七年三月

某村旧事

一九四五年八月,日寇投降,我从延安出发,十月到浑源,休息一些日子,到了张家口。那时已经是冬季,我穿着一身很不合体的毛蓝粗布棉衣,见到在张家口工作的一些老战友,他们竟是有些“城市化”了。做财贸工作的老邓,原是我们在晋察冀工作时的一位诗人和歌手,他见到我,当天夜晚把我带到他的住处,烧了一池热水,叫我洗了一个澡,又送我一些钱,叫我明天到早市买件衬衣。当年同志们那种同甘共苦的热情,真是值得怀念。

第二天清晨,我按照老邓的嘱咐到了摊贩市场。那里热闹得很,我买了一件和我的棉衣很不相称的“绸料”衬衣,还买了一条日本的丝巾围在脖子上,另外又买了一顶口外的狸皮冬帽戴在头上。路经宣化,又从老王的床铺上扯了一条粗毛毯,一件日本军用黄呢斗篷,就回到冀中平原上来了。

这真是胜利归来,洋洋洒洒,连续步行十四日,到了家乡。在家里住了四天,然后,在一个大雾弥漫的早晨,到蠡县县城去。

冬天,走在茫茫大雾里,像潜在又深又冷的浑水里一样。但等到太阳出来,就看见村庄、树木上,满是霜雪,那也真是一种奇景。那些年,我是多么喜欢走路行军!走在农村的、安静的、平坦的道路上,人的思想就会像清晨的阳光,猛然投射到披满银花的万物上,那样闪耀和清澈。

傍晚,我到了县城。县委机关设在城里原是一家钱庄的大宅院里,老梁住在东屋。

梁同志朴实而厚重。我们最初认识是一九三八年春季,我到这县组织人民武装自卫会,那时老梁在县里领导着一个剧社。但熟起来是在一九四二年,我从山地回到平原,帮忙编辑《冀中一日》的时候。

一九四三年,敌人在晋察冀持续了三个月的大“扫荡”。在繁峙境,我曾在战争空隙,翻越几个山头,去看望他一次。那时他正跟随西北战地服务团行军,有任务要到太原去。

我们分别很久了。当天晚上,他就给我安排好了下乡的地点，他叫我到一个村庄去。我在他那里，见到一个身材不高管理文件的女同志，老梁告诉我，她叫银花，就是那个村庄的人。她有一个妹妹叫锡花，在村里工作。

到了村里，我先到锡花家去。这是一家中农。锡花是一个非常热情、爽快、很懂事理的姑娘。她高高的个儿，颜面和头发上，都还带着明显的稚气，看来也不过十七八岁。中午，她给我预备了一顿非常可口的家乡饭：煮红薯、炒花生、玉茭饼子、杂面汤。

她没有母亲，父亲有四十来岁，服饰不像一个农民，很像一个从城市回家的商人，脸上带着酒气，不好说话，在人面前，好像做了什么错事似的。在县城，我听说他不务正业，当时我想，也许是中年鳏居的缘故吧。她的祖父却很活跃，不像一个七十来岁的老人，黑干而健康的脸上，笑容不断，给我的印象，很像是一个牲口经纪或赌场过来人。他好唱昆曲，在我们吃罢饭休息的时候，他拍着桌沿，给我唱了一段《藏舟》。这里的老一辈人，差不多都会唱几口昆曲。

我住在这一村庄的几个月里，锡花常到我住的地方看我，有时给我带些吃食去。她担任村里党支部的委员，有时也征求我一些对村里工作的意见。有时，我到她家去坐坐，见她总是那样勤快活泼。后来，我到了河间，还给她写过几回信，她每次回信，都谈到她的学习。我进了城市，音问就断绝了。

这几年，我有时会想起她来，曾向梁同志打听过她的消息。老梁说，在一九四八年农村整风的时候，好像她家有些问题，被当作"石头"搬了一下。农民称她家为"官铺"，并编有歌谣。锡花仓促之间，和一个极普通的农民结了婚，好像也很不如意。详细情形，不得而知。乍听之下，为之默然。

我在那里居住的时候，接近的群众并不多，对于干部，也只是从表面获得印象，很少追问他们的底细。现在想起来，虽然当时已经从村里一些主要干部身上，感觉到一种专横独断的作风，也只认为是农村工作不易避免的缺点。在锡花身上，连这一点也没有感到。所以，我还是想：这些民愤，也许是她的家庭别的成员引起的，不一定是她的过错。至于结婚如意不如意，也恐怕只是局外人一时的看法。感情的变化，是复杂曲折的，当初不如意，今天也许如意。很多人当时如意，后来不是竟不如意了吗？但是，这一切都太主观，近于打板摇卦了。我在这个村庄，写了《钟》、《"藏"》、《碑》三篇小说。在《"藏"》里，女主人公借用了锡花这个名字。

我住在村北头姓郑的一家三合房大宅院里，这原是一家地主,房东是干部,不在家,房东太太也出去看望她的女儿了。陪我做伴的,是他家一个老用人。这是一个在农村被认为缺个魂儿、少个心眼儿、其实是非常质朴的贫苦农民。他的一只眼睛不好,眼泪不停止地流下来,他不断用一块破布去擦抹。他是给房东看家的,因而也帮我做饭。没事的时候,也坐在椅子上陪我说说话儿。

有时,我在宽广的庭院里散步,老人静静地坐在台阶上;夜晚,我在屋里地下点一些秫秸取暖,他也蹲在一边取火抽烟。他的形象,在我心里,总是引起一种极其沉重的感觉。他孤身一人,年近衰老,尚无一瓦之栖,一垄之地。无论在生活和思想上,在他那里,还没有在其他农民身上早已看到的新的标志。一九四八年平分土地以后,不知他的生活变得怎样了,祝他晚境安适。

在我的对门，是妇救会主任家。我忘记她家姓什么，只记得主任叫志扬,这很像是一个男人的名字。丈夫在外面做生意,家里只有她和婆母。婆母外表黑胖,颇有心计,这是我一眼就看出来的。我初到郑家,因为村干部很是照顾,她以为来了什么重要的上级,亲自来看过我一次,显得很亲近,一定约我到她家去坐坐。第二天我去了,是在平常人家吃罢早饭的时候。她正在院里打扫,这个庭院显得整齐富裕,门窗油饰还很新鲜,她叫我到儿媳屋里去,儿媳也在屋里招呼了。我走进西间里,看见妇救会主任还没有起床,盖着耀眼的红绫大被,两只白皙丰满的膀子露在被头外面,就像陈列在红绒衬布上的象牙雕刻一般。我被封建意识所拘束,急忙却步转身。她的婆母却在外间哧哧笑了起来,这给我的印象颇为不佳,以后也就再没到她家去过。

有时在街上遇到她婆母,她对我好像也非常冷淡下来了。我想,主要因为,她看透我是一个穷光蛋,既不是骑马的干部,也不是骑车子的干部,而是一个穿着粗布棉衣,挟着小包东游西晃溜溜达达的干部。进村以来,既没有主持会议,也没有登台讲演,这种干部,叫她看来,当然没有什么作为,也主不了村中的大计,得罪了也没关系,更何必巴结钻营?

后来听老梁说,这家人家在一九四八年冬季被斗争了。这一消息,没有引起我任何惊异之感,她们当时之所以工作,明显地带有投机性质。

在这村,我遇到了一位老战友。他的名字,我起先忘记了,我的爱人是“给事中”,她告诉我这个人叫松年。那时他只有二十五六岁,瘦小个儿,聪明外露,很会说话,我爱人只见过他一两次,竟能在十五六年以后,把他的名字冲口说出,足见他给人印象之深。

松年也是郑家支派。他十几岁就参加了抗日工作,原在冀中区的印刷厂,后调阜平《晋察冀日报》印刷厂工作。我俩人工作经历相仿,过去虽未见面,谈起来非常亲切。他已经脱离工作四五年了。他父亲多病,娶了一房年轻的继母。这位继母足智多谋,一定要儿子回家,这也许是为了儿子的安全着想, 也许是为家庭的生产生活着想。最初,松年不答应,声言以抗日为重。继母随即给他说好一门亲事,娶了过来,枕边私语,重于诏书。新媳妇的说服动员工作很见功效,松年在新婚之后,就没有回山地去,这在当时被叫做“脱鞋”——“妥协”或开小差。

时过境迁,松年和我谈起这些来,已经没有惭怍不安之情,同时,他也许有了什么人生观的依据和现实生活的体会吧,他对我的抗日战士的贫苦奔波的生活,竟时露嘲笑的神色。那时候,我既然服装不整,夜晚睡在炕上,铺的盖的也只是破毡败絮。(因为房东不在家,把被面都搁藏起来,只是炕上扔着一些破被套,我就利用它们取暖。)而我还要自己去要米，自己烧饭，在他看来，岂不近于游僧的敛化，饥民的就食！在这种情况下面，我的好言相劝，他自然就听不进去，每当谈到“归队”，他就借故推托，扬长而去。

有一天，他带我到他家里去。那也是一处地主规模的大宅院，但有些破落的景象。他把我带到他的洞房，我也看到了他那按年岁来说显得过于肥胖了一些的新妇。新妇看见我，从炕上溜下来出去了。因为曾经是老战友，我也不客气，就靠在那折叠得很整齐的新被垒上休息了一会。

房间裱糊得如同雪洞一般，阳光照在新糊的洒过桐油的窗纸上，明亮如同玻璃。一张张用红纸剪贴的各色花朵，都给人一种温柔之感。房间的陈设，没有一样不带新婚美满的气氛，更有一种脂粉的气味，在屋里弥漫……

柳宗元有言，流徙之人，不可在过于冷清之处久居，现在是，革命战士不可在温柔之乡久处。我忽然不安起来了。当然，这里没有冰天雪地，没有烈日当空，没有跋涉，没有饥饿，没有枪林弹雨，更没有入死出生。但是，它在消磨且已经消磨尽了一位青年人的斗志。我告辞出来，一个人又回到那冷屋子冷炕上去。

生活啊，你在朝着什么方向前进？你进行得坚定而又有充分的信心吗？

“有的。”好像有什么声音在回答我，我睡熟了。

在这个村庄里，我另外认识了一位文建会的负责人，他有些地方，很像我在《风云初记》里写到的变吉哥。

以上所记，都是十五六年前的旧事。一别此村，从未再去。有些老年人，恐怕已经安息在土壤里了吧，他们一生的得失，欢乐和痛苦，只能留在乡里的口碑上。一些青年人，恐怕早已生儿育女，生活大有变化，愿他们都很幸福。

一九六二年八月十三日夜记

黄　鹂

——病期琐事

这种鸟儿,在我的家乡好像很少见。童年时,我很迷恋过一阵捕捉鸟儿的勾当。但是,无论春末夏初在麦苗地或油菜地里追逐红靛儿,或是天高气爽的秋季,奔跑在柳树下面网罗虎不拉儿的时候,都好像没有见过这种鸟儿。它既不在我那小小的村庄后边高大的白杨树上同鸜鸡儿一同鸣叫,也不在村南边那片神秘的大苇塘里和苇咋儿一块筑窠。

初次见到它,是在阜平县的山村。那是抗日战争期间,在不断的炮火洗礼中,有时清晨起来,在茅屋后面或是山脚下的丛林里,我听到了黄鹂的尖利的富有召唤性和启发性的啼叫。可是,它们飞起来,迅若流星,在密密的树枝树叶里忽隐忽现,常常是在我仰视的眼前一闪而过,金黄的羽毛上映照着阳光,美丽极了,想多看一眼都很困难。

因为职业的关系,对于美的事物的追求,真是有些奇怪,有时简直近于一种狂热。在战争不暇的日子里,这种观察飞禽走兽的闲情逸致,不知对我的身心情感,起着什么性质的影响。

前几年,终于病了。为了疗养,来到了多年向往的青岛。春天,我移居到离海边很近,只隔着一片杨树林洼地的一幢小楼房里。有很长的一段时间,我一个人住在这里,清晨黄昏,我常常到那杨树林里散步。有一天,我发现有两只黄鹂飞来了。

这一次,它们好像喜爱这里的林木深密幽静,也好像是要在这里产卵孵雏,并不匆匆离开,大有在这里安家落户的意思。

每天,天一发亮,我听到它们的叫声,就轻轻打开窗帘,从楼上可以看见它们互相追逐,互相逗闹,有时候看得淋漓尽致,对我来说,这真是饱享眼福了。

观赏黄鹂,竟成了我的一种日课。一听到它们叫唤,心里就很高兴,视线也就转到杨树上,我很担心它们一旦要离此他去。这里是很安静的,甚至有些近于荒凉,它们也许会安心居住下去的。我在树林里徘徊着,仰望着,有时坐在小石凳上谛听着,但总找不到它们的窠巢所在,它们是怎样安排自己的住室和产房的呢?

一天清晨,我又到树林里散步,和我患同一种病症的史同志手里拿着一支猎枪,正在瞄准树上。

“打什么鸟儿?”我赶紧过去问。

“打黄鹂!”老史兴致勃勃地说:“你看看我的枪法。”

这时候,我不想欣赏他的枪技,我但愿他的枪法不准。他瞄了一会儿,黄鹂发觉飞走了。乘此机会,我以老病友的资格,请他不要射击黄鹂,因为我很喜欢这种鸟儿。

我很感激老史同志对友谊的尊重。他立刻答应了我的要求,没有丝毫不平之气。并且说:

“养病么,喜欢什么就多看看,多听听。”

这是真诚的同病相怜。他玩猎枪, 也是为了养病,能在兴头儿上照顾旁人,这种品质不是很难得吗?

有一次,在东海岸的长堤上,一位穿皮大衣戴皮帽的中年人,只是为了讨取身边女朋友的一笑,就开枪射死了一只回翔在天空的海鸥。一群海鸥受惊远飏,被射死的海鸥落在海面上,被怒涛拍击漂卷。胜利品无法取到,那位女人请在海面上操作的海带培养工人帮助打捞, 工人们愤怒地掉头划船而去。这给我留下了深刻的印象。回到房子里,无可奈何地写了几句诗,也终于没有完成,因为契诃夫在好几种作品里写到了这种人。我的笔墨又怎能更多地为他们的业绩生色？在他们的房间里，只挂着契诃夫为他们写的褒词就够了。

惋惜的是，我的朋友的高尚情谊，不能得到这两只惊弓之鸟的理解，它们竟一去不返。从此，清晨起来，白杨萧萧，再也听不到那种清脆的叫声。夏天来了，我忙着到浴场去游泳，渐渐把它们忘掉了。

有一天我去逛鸟市。那地方卖鸟儿的很少了，现在生产第一，游闲事物，相应减少，是很自然的。在一处转角地方，有一个卖鸟笼的老头儿，坐在一条板凳上，手里玩弄着一只黄鹂。黄鹂系在一根木棍上，一会儿悬空吊着，一会儿被拉上来。我站住了，我望着黄鹂，忽然觉得它的焦黄的羽毛，它的嘴眼和爪子，都带有一种凄惨的神气。

"你要吗？多好玩儿！"老头儿望望我问了。

"我不要。"我转身走开了。

我想，这种鸟儿是不能饲养的，它不久会被折磨得死去。这种鸟儿，即使在动物园里，也不能从容地生活下去吧，它需要的天地太宽阔了。

从此，有很长一段时间，我不再想起黄鹂。第二年春季，我到了太湖，在江南，我才理解了"杂花生树，群莺乱飞"这两句文章的好处。

是的,这里的湖光山色,密柳长堤;这里的茂林修竹,桑田苇泊;这里的乍雨乍晴的天气,使我看到了黄鹂的全部美丽,这是一种极致。

是的,它们的啼叫,是要伴着春雨、宿露,它们的飞翔,是要伴着朝霞和彩虹的。这里才是它们真正的家乡,安居乐业的所在。

各种事物都有它的极致。虎啸深山,鱼游潭底,驼走大漠,雁排长空,这就是它们的极致。

在一定的环境里,才能发挥这种极致。这就是形色神态和环境的自然结合和相互发挥,这就是景物一体。典型环境中的典型性格,也可以从这个角度来理解吧。这正是在艺术上不容易遇到的一种境界。

一九六二年四月

关于《山地回忆》的回忆

一九四九年十二月，我写了一篇短篇小说《山地回忆》,发表在上海的《小说》杂志上。最近,有的地方编辑丛刊,收进了它。在校正文字时,我想起一些过去的事。

自己的生平,本来没有什么值得郑重回忆的事迹。但在“四人帮”当路的那些年月,常常苦于一种梦境:或与敌人遭遇,或与恶人相值。或在山路上奔跑,或在地道中委蛇。或沾溷厕,或陷泥泞。有时漂于无边苦海,有时坠于万丈深渊。呼叫醒来,长舒一口气想道:我走过的路上,竟有这么多的险恶,直到晚年,还残存在印象意识之中吗?

是,有的。近的且不去谈它。一九四四年春季,经历了敌人三个月的残酷扫荡,我刚刚从繁峙的高山上下来,就和华北联大高中班六七位同事几十个同学,结队出发,到革命圣地延安去。这是一支很小的队伍,由总支书记吕梁同志带队。吕梁同志，从到延安分手后，我就一直没见到过他。他是一位善于做政治工作，非常负责，细心周到，沉默寡言的值得怀念的同志。

我们从阜平出发，不久进入山西境内。大概是到了忻县一带吧，接近敌人据点。一天中午，我们到了一个村庄，在村里看不到什么老百姓。我们进入一家宅院，把背包放在屋里，就按照命令赶快做饭。饭是很简单的，东锅焖小米饭，西锅煮菜汤。人们把饭吃完，然后围在西锅那里，洗自己的饭碗。

我有个难改的毛病，什么事都不愿往上挤，总是靠后站。等人们利用洗锅的那点水，把碗洗好，都到院里休息去了，我才上去洗。锅里的水已经很少，也很脏了，我弯着腰低着头，忽然"嗡"的一声，锅飞了起来，屋里烟尘弥漫，院子里的人都惊了。

我还不知道是怎么回事。拿着小洋瓷碗，木然地走到院里，同学们都围了上来。据事后他们告诉我，当时我的形象可怕极了。一脸血污，额上翻着两寸来长的一片肉。

当我自己用手一抹，那些可怕的东西，竟是污水和一片菜叶的时候，我不得不到村外的小河里去把脸洗一下。

在洗脸的时候，我和一个在下游洗菜的妇女争吵了起来。我刚刚受了惊,并断定这是村里有坏人,预先在灶下埋藏了一枚手榴弹,也可以说是一枚土制的定时炸弹。如果不是山西的锅铸得坚固,灶口垒得严实,则我一定早已魂飞天外了。

我非常气愤,和她吵了几句,悻悻然回到队上,马上就出发了。

村南是一条大河。我对这条河的印象很深,但忘记问它的名字。是一条东西方向的河,有二十米宽,水平得像镜子一般,晴空的太阳照在它的身上,简直看不见有什么涟漪。队长催促,我们急迫地渡过河流。水齐着我的胸部,平静、滑腻,有些暖意,我有生以来,第一次体会到水的温柔和魅力。

远处不断传来枪声。过河以后,我们来不及整理鞋袜,就要爬上一座非常陡峭的,据说有四十里的高山。一个姓梅的女同学,还在河边洗刷鞋里的沙子,我招呼了她,并把口袋里的冷玉米面窝窝头,分给她一些,作为赶爬这样高山的物质准备。天黑,我们爬到了山顶,风大,寒冷不能停留,又遇到暴雨,第二天天亮,我们才算下了山,进入村庄休息。

睡醒以后,同事们才有了精力拿我昨天遇到的惊险场面，作为笑料，并庆幸我的命大。

我现在想：如果，在那种情况下，把我炸死，当然说不上是冲锋陷阵的壮烈牺牲，只能说是在战争环境中的不幸死亡。在那些年月，这种死亡，甚至可以说是一种接近寿终正寝的正常死亡。同事们会把我埋葬在路旁、山脚、河边，也无须插上什么标志。确实，有不少走在我身边的同志，是那样倒下去了。有时是因为战争，有时仅仅是因为疾病、饥寒，药物和衣食的缺乏。每个战士都负有神圣的职责，生者和死者，都不把这种死亡作为不幸，留下遗憾。

现在，我主要回忆的不是这些，是关于那篇小说《山地回忆》。小说里那个女孩子，绝不是这次遇到的这个妇女。这个妇女很刁泼，并不可爱。我也不想去写她。我想写的，只是那些我认为可爱的人，而这种人，在现实生活中间，占大多数。她们在我的记忆里是数不清的。洗脸洗菜的纠纷，不过是引起这段美好的回忆的楔子而已。

“四人帮”派的文艺观是：不许人们写真人真事，而又好在一部作品中间，去作无中生有的索引，去影射。这是一种对生活、对文艺都非常有害的做法。

在一篇作品，他们认为是“红”的时候，他们把主角和真人真事联系起来,甚至和作者联系起来。以为作者是英雄,所以他才能写出英雄;作者是美女,所以她才能写出美女。并把故事和当时当地联系起来,拿到一定的地点去对证,荣耀乡里。在一部作品,他们忽然又要批判的时候,就把主角的反动性,和真人真事联系起来,甚至和作者联系起来,拿到他的工作地点或家乡去批判,株连亲友,辱及先人。

有人说这叫“庸俗社会学”。社会学不社会学我不知道,庸俗是够庸俗的了。

我虽然主张写人物最好有一个模特儿,但等到人物写出来,他就绝不是一个人的孤单摄影。《山地回忆》里的女孩子,是很多山地女孩子的化身。当然,我在写她们的时候,用的多是彩笔,热情地把她们推向阳光照射之下,春风吹拂之中。在那可贵的艰苦岁月里,我和人民建立起来的感情,确是如此。我的职责,就是如实而又高昂浓重地把这种感情渲染出来。

进城以后,我已经感到:这种人物,这种生活,这种情感,越来越会珍贵了。因此,在写作中间,我不可抑制地表现了对她,对这些人物的深刻的爱。

一九七八年九月二十九日上午

关于《荷花淀》的写作

《荷花淀》最初发表在延安《解放日报》的副刊上，是一九四五年春天，那时我在延安鲁迅艺术文学院学习和工作。

这篇小说引起延安读者的注意，我想是因为同志们长年在西北高原工作，习惯于那里的大风沙的气候，忽然见到关于白洋淀水乡的描写，刮来的是带有荷花香味的风，于是情不自禁地感到新鲜吧。当然，这不是最主要的，是献身于抗日的战士们，看到我们的抗日根据地不断扩大，群众的抗日决心日益坚决，而妇女们的抗日情绪也如此令人鼓舞，因此就对这篇小说发生了喜爱的心。

白洋淀地区属于冀中抗日根据地。冀中平原的抗战，以其所处的形势，所起的作用，所经受的考验，早已为全国人民所瞩目。

但是,这里的人民的觉醒,也是有一个过程的。这一带地方,自从“九一八”事变以来,就屡屡感到日本帝国主义的威胁。卢沟桥事变不久,敌人的铁蹄就踏进了这个地区。这是敌人强加给中国人民的一场大灾难。而在这个紧急的时刻,国民党放弃了这一带国土,仓皇南逃。

农民的爱国心和民族自尊心是非常强烈的。他们面对的现实是:强敌压境,自己的生命,自己的家园,自己的妻子儿女,都没有了保障。他们要求保家卫国,他们要求武装抗日。

共产党和八路军及时领导了这一带广大农民的抗日运动。这是风起云涌的民族革命战争,每一个人都在这场斗争中献出了自己的全部力量。

在抗日的旗帜下,男女老少都动员起来了,面对的是最残暴的敌人。不抵抗政策,早已被人们唾弃。他们知道:凡是敌人,如果你对他抱有幻想,不去抵抗,其后果,都是要不堪设想,无法补偿的。

这是全民战争。那时的动员口号是:有人出人,有枪出枪,有钱出钱,有力出力。

农民的乡土观念是很重的。热土难离,更何况抛妻别子。但是青年农民,在各个村庄,都成群结队地走上抗日前线。那时，我们的武装组织有区小队、县大队、地区支队、纵队。党照顾农民的家乡观念，逐步逐级地引导他们成为野战军。

农民抗日，完全出于自愿。他们热爱自己的家、自己的父母妻子。他们当兵打仗，正是为了保卫他们。暂时的分别，正是为了将来的团聚。父母妻子也是这样想。

当时，一个老太太喂着一只心爱的母鸡，她就会想到：如果儿子不去打仗，不只她自己活不成，她手里的这只母鸡也活不成。一个小男孩放牧着一只小山羊，他也会想到：如果父亲不去打仗，不只他自己不能活，他牵着的这只小山羊也不能活。

至于那些青年妇女，我已经屡次声言，她们在抗日战争年代，所表现的识大体、乐观主义以及献身精神，使我衷心敬佩到五体投地的程度。

《荷花淀》所写的，就是这一时代，我的家乡，家家户户的平常故事。它不是传奇故事，我是按照生活的顺序写下来的，事先并没有什么情节安排。

白洋淀属于冀中区，但距离我的故乡，还有很远的路。一九三六年到一九三七年，我在白洋淀附近，教了一年小学。清晨黄昏，我有机会熟悉这一带的风土和人民的劳动、生活。

抗日战争时期,我主要是在平汉路西的山里工作。从冀中平原来的同志,曾向我讲了两个战斗故事:一个是关于地道的,一个是关于水淀的。前者,我写成一篇《第一个洞》,这篇稿子丢失了。后者就是《荷花淀》。

我在延安的窑洞里一盏油灯下,用自制的墨水和草纸写成这篇小说。我离开家乡、父母、妻子,已经八年了。我很想念他们,也很想念冀中。打败日本帝国主义的信心是坚定的,但还难预料哪年哪月,才能重返故乡。

可以自信,我在写作这篇作品时的思想、感情,和我所处的时代,或人民对作者的要求,不会有任何不符拍节之处,完全是一致的。

我写出了自己的感情,就是写出了所有离家抗日战士的感情,所有送走自己儿子、丈夫的人们的感情。我表现的感情是发自内心的,每个和我生活经历相同的人,就会受到感动。

文学必须取信于当时,方能传信于后世。如在当代被公认为是诳言,它的寿命是不能长久的。时间检验了这篇五千字上下的小作品,使它得以流传到现在。过去的一些争论,一些责难,现在好像也不存在了。

冀中区的人民，在八年抗日战争中作出重大贡献，忍受重大灾难，蒙受重大损失。他们的事迹，必然要在文学上得到辉煌的反映，流传后世。《荷花淀》所反映的，只是生活的一鳞半爪。关于白洋淀的创作，正在方兴未艾，后来者应该居上。

一九七八年十一月五日草成

删去的文字

我在一九七七年一月间所写的回忆侯、郭的文章，现在看起来简直是空空如也，什么尖锐突出的内容也没有的。在有些人看来，是和他们的高大形象不相称的。这当然归罪于我的见薄识小。

就是这样的文章，在我刚刚写出以后，我也没有决定就拿去发表的。先是给自己的孩子看了看，以为新生一代是会有先进的见解的，孩子说，没写出人家的政治方面的大事情。基于同样原因，又请几位青年同事看了，意见和我的孩子差不多，只是有一位赞叹了一下纪郭文章中提到的名菜，这也很使我不能“神旺”。春节到了，老朋友们或拄拐，或相扶，哼唉不停地来看我了，我又拿出这些稿子给他们看，他们看过不加可否，大概深知我的敝帚自珍的习惯心理。

不甘寂寞。过了一些日子,终于大着胆子把稿子寄到北京一家杂志社去了。过了很久,退了回来,信中说:关于他们,决定只发遗作,不发纪念文章。

我以为一定有“精神”,就把稿子放进抽屉里去了。

有一天,本地一个大学的学报来要稿,我就拿出稿子请他们看看,他们说用。我说北京退回来的,不好发吧,没有给他们。

等到我遇见了退稿杂志的编辑,他说就是一个纪念规格问题,我才通知那个学报拿去。

你看,这时已经是一九七七年的春天了,揪出“四人帮”已经很久,我的精神枷锁还这样沉重。

尚不至此。稿子每经人看过一次,表现不满,我就把稿子再删一下,这样像砍树一样,谁知道我砍掉的是枝叶还是树干!

这样就发生了一点误会。学报的一位女编辑把稿子拿回去研究了一下,又拿回来了。领导上说,最好把纪侯文章中,提到的那位女的,少写几笔。她在传达这个意见的时候,嘴角上不期而然地带出了嘲笑。

她的意思是说:这是纪念死者的文章,是严肃的事。虽然你好写女人,已成公论,也得看看场合呀!

她没有这样明说，自然是怕我脸红。但我没有脸红，我惨然一笑。把她送走以后，我把那一段文字删除净尽，寄给《上海文艺》发表了。

在结集近作散文的时候，我把删去的文字恢复了一些。但这一段没有补进去。现在把有关全文抄录，另成一章。

在我养病期间，侯关照机关里的一位女同志，到车站接我，并送我到休养所。她看天气凉，还多带了一条干净的棉被。下车后，她抱着被子走了很远的路。休息下来，我只是用书包里的两个小苹果慰劳了她。在那几年里，我这样麻烦她，大概有好几次，对她非常感激。我对她说：我恳切地希望她能到天津玩玩，我要很好地招待她。她一直也没有来。

她爽朗而热情。她那沉稳的走路姿势，她在沉思中，偶尔把头一扬，浓密整齐的黑发向旁边一摆，秀丽的面孔，突然显得严肃的神情，给人留下特殊深刻的印象。

是一九六六年秋季吧。形势一天比一天紧张，我同中层以上干部，已经被集中到一处大院里去了。

这是一处很有名的大院,旧名张园,为清末张之洞部下张彪所建。宣统就是从这里逃去东北,就位“满洲国”“皇帝”的。孙中山先生从南方到北方来和北洋军阀谈判,也在这里住过。大楼堂皇富丽,有一间房子,全用团龙黄缎裱过,是皇帝的卧室。

一天下午,管带我们的那个小个子,通知我有“外调”。这是我第一次接待外调。我向传达室走去,很远就望见,有一位女同志靠在大门旁的墙壁上,也在观望着我。我很快就认出是北京那位女同志。

我在她眼里变成了什么样子,我没有去想。她很消瘦,风尘仆仆,看见我走近,就转身往传达室走,那脚步已经很不像我们在公园的甬路上漫步时的样子了。同她来的还有一位男同志。

传达室里间,放着很多车子,有一张破桌,我们对面坐下来。

她低着头,打开笔记本,用一只手托着脸,好像还怕我认出来。

他们调查的是侯。问我在和侯谈话的时候,侯说过哪些反党的话。我说,他没有说过反党的话,他为什么要反党呢?

不知是为什么情绪所激动,我回答问题的时候,竟然慷慨激昂起来。在以后,我才体会到:如果不是她对我客气,人家会立刻叫我站起来,甚至会进行武斗。几个月以后,我在郊区干校,就遇到两个穿军服的非军人,调查田的材料,因为我抄着手站着,不回答他们提出的问题,就把我的手抓破了,不得不到医务室进行包扎。

现在,她只是默默地听着,然后把本子一合,望望那个男的,轻声对我说:

“那么,你回去吧。”

当天下午,在楼房走道上,又遇到她一次,她大概是到专案组去,谁也没有说话。

在天津,我和她就这样见了一面,不能尽地主之谊。这可以说是近年来一件大憾事。她同别人一起来,能这样宽恕地对待我,是使我难忘的,她大概还记得我的不健康吧。

在我处境非常困难的时候, 每天那种非人的待遇,我常常想用死来逃避它。一天,我又接待一位外调的,是歌舞团的女演员。她只有十七八岁,不只面貌秀丽,而且声音动听。在一间小屋子里,就只我们俩人,她对我很是和气。她调查的是方。我和她谈了很久,在她要走的时候,我竟恋恋不舍,禁不住问:

“你下午还来吗？”

回答虽然使我失望，但我想，像这位女演员，她以后在艺术上，一定能有很高的造诣。因为在这种非常时期，她竟然能够保持正常表情的面孔和一颗正常跳动的心，就证明她是一个非常不平凡的人物。

我也很怀念她。

或有人问：方彼数年间，林彪、“四人帮”倒行逆施，使夫妇生离，亲子死别者，以千万计。其所遭荼毒，与德高望重成正比例。你不从大处落笔，却喋喋于男女邂逅，朋友私情之间，所见不太渺小了吗？是的，林彪、“四人帮”伤天害理，事实今天自然已经大明。但在那些年月，我失去自由，处于荆天棘地之中，转身防有鬼伺，投足常遇蛇伤。昼夜苦思冥想：这是为了什么？为什么要这样做呢？这合乎马克思、恩格斯的阶级斗争学说吗？这是通向共产主义的正确途径吗？惶惑迷惘不得其解。深深有感于人与人关系的恶劣变化，所以，即使遇到一个歌舞演员的宽厚，也就像在沙漠跋涉中，遇到一处清泉，在噩梦缠绕时，听到一声鸡唱。感激之情，就非同一般了。

一九七八年除夕

文字生涯

二十年代中期，我在保定上中学。学校有一个月刊，文艺栏刊登学生的习作。

我的国文老师谢先生是海音社的诗人，他出版的诗集，只有现在的袖珍月历那样大小，诗集的名字已经忘记了。

这证明他是“五四”以后，从事新文学运动的人物，但他教课，却喜欢讲一些中国古代的东西。另有一个特别的地方，是他从预备室走出来，除去眼睛总是望着天空，就是挟着一大堆参考书。到了课室，把参考书放在教桌上，也很少看他检阅，下课时又照样搬走，直到现在，我也没想通他这是所为何来。

每次发作文卷子的时候，如果谁的作文簿中间，夹着几张那种特大的稿纸，就是说明谁的作业要被他推荐给月刊发表了,同学们都特别重视这一点。

那种稿纸足足有现在的《参考消息》那样大,我想是因为当时的排字技术低,稿纸的行格,必须符合刊物实际的格式。

在初中几年间，我有幸在这种大稿纸上抄写过自己的作文，然后使它变为铅字印成的东西。高中时反而不能,大概是因为换了老师的缘故吧。

学校毕业以后，我也曾有靠投稿维持生活的雄心壮志,但不久就证明是一种痴心妄想,只好去当小学教师。这样一日三餐,还有些现实可能性,虽然也很不保险。

生活在青年人的面前,总是要展开新的局面的。伟大的抗日战争爆发了，写作竟出乎意料地成为我后半生的主要职业。

抗日战争,在中国共产党领导之下,是有枪出枪,有力出力。我的家乡有些子弟就是跟着枪出来抗日的。至于我们,则是带着一支笔去抗日。没有朱砂,红土为贵。穷乡僻壤,没有知名的作家,我们就不自量力地在烽火遍野的平原上驰骋起来。

油印也好,石印也好,破本草纸也好,黑板土墙也好,都是我们发表作品的场所。也不经过审查，也不组织评论，也不争名次前后，大家有作品就拿出来。群众认为：你既不能打枪，又不能放炮，写写稿件是你的职责；领导认为：你既是文艺干部，写得越多越快越好。

现在回想起来，那时的写作，真正是一种尽情纵意，得心应手，既没有干涉，也没有限制，更没有私心杂念的，非常愉快的工作。这是初生之犊，又遇到了好的时候：大敌当前，事业方兴，人尽其才，物尽其用。

全国解放以后，则是另外一种情形。思想领域的斗争被强调了，文艺作品的倾向，常常和政治斗争联系起来，作家在犯错误后，就一蹶不振。在写作上，大家开始执笔踌躇，小心翼翼起来。

但在解放初，战争时期的余风犹烈，进城以后，我还是写了不少东西。一九五六年大病之后，就几乎没有写。加上一九六六年以后的十年，我在写作上的空白阶段，竟达二十年之久。

人被“解放”以后，仍住在被迫迁居的一间小屋里。没有书看，从一个朋友的孩子那里借来一册大学用的文学教材，内有历代重要作品及其作者的介绍，每天抄录一篇来诵读。

患难余生，痛定思痛。我居然发哲人的幽思，想到一个奇怪的问题：在历史上，这些作者的遭遇，为什么都如此不幸呢？难道他们都是糊涂虫？假如有些聪明，为什么又都像飞蛾一样，情不自禁地投火自焚？我掩卷思考。思考了很长时间，得出这样一个答案：这是由文学事业的特性决定的。是现实主义促使他们这样干，是浪漫主义感召他们这样干。说得冠冕一些，他们是为正义斗争，是为人生斗争。文学是最忌讳说诳话的。文学要反映的是社会现实。文学是要有理想的，表现这种理想需要一种近于狂放的热情。有些作家遇到的不幸，有时是因为说了天真的实话，有时是因为过于表现了热情。

按作品来说，天才莫过于司马迁。这样一个能把三皇五帝以来的，错综复杂的历史，勒成他一家之言，并评论其得失，成为天下定论的人，竟因一语之不投机，下于蚕室，身受腐刑。他描绘了那么多的人物，难道没有从历史上吸取任何一点可以用之于自身的经验教训吗？

班固完成了可与《史记》媲美的《汉书》，他特别评论了他的先驱者司马迁，保存了那篇珍贵的材料——《报任少卿书》，使司马迁的不幸遭遇留传后世。班固的评论，是何等高超，多么有见识，但是，他竟因为投身于一个武人的幕下，最后瘐死狱中。对于自己，又何其缺乏先见之明啊！

历史经验,历史教训,即使是前人真正用血写下的,也并不是一定就能接受下来。历史情况,名义和手法在不断变化。例如,在二十世纪之末,世界文明高度发展之时,竟会出现林彪、“四人帮”,梦想在社会主义的中国,建立封建王朝。在文化革命的旗帜之下,企图灭绝几千年的民族文化。遂使艺苑凋残,文士横死,人民受辱,国家遭殃。这一切,确非头脑单纯,感情用事的作家们所能预见得到的。

鲁迅说过,读中国旧书,每每使人意志消沉,在经历一番患难之后,尤其容易如此。我有时也想:恐怕还是东方朔说得对吧,人之一生,一龙一蛇。或者准声而歌,投迹而行,会减少一些危险吧?

这些想法都是很不健康, 近于伤感的。一个作家,不能够这样,也不应该这样。如上所述,作家永远是现实生活的真美善的卫道士。他的职责就是向邪恶虚伪的势力进行战斗。既是战斗,就可能遇到各色敌人,也可能遇到各种的牺牲。

在“四人帮”还没被揭露之前,有人几次对我说:写点东西吧,亮亮相吧。我说,不想写了,至于相,不是早已亮过了吗?在运动期间,我们不只身受凌辱,而且画影图形,传檄各地。老实讲,在这一时期,我不仅没有和那些帮派文人一较短长的想法，甚至耻于和他们共同使用那些铅字,在同一个版面上出现。

这时,我从劳动的地方回来,被允许到文艺组上班了。经过几年风雨,大楼的里里外外,变得破烂、凌乱、拥挤。但人们的精神面貌好像已经渐渐地从前几年的狂乱、疑忌、歇斯底里状态中恢复过来。一位调离这里的老同志留给我一张破桌子。据说好的办公桌都叫进来占领新闻阵地的人占领了。我自己搬来一张椅子,在组里坐下来。组长向全组宣布了我的工作:登记来稿,复信,并郑重地说:不要把好稿退走了。说良心话,组长对我还过得去。他不过是担心我受“封资修”的毒深而且重,不能鉴赏“帮八股”的奥秘,而把他们珍视的好稿遗漏。

我是内行人，我知道我现在担任的是文书或见习编辑的工作。我开始拆开那些来稿,进行登记,然后阅读。据我看,来稿从质量看,较之前些年,大大降低了。作者们大多数极不严肃,文字潦草,内容雷同。语言都是从报上抄来。遵照组长的意旨,我把退稿信写好后,连同稿件推给旁边一位同事,请他复审。

这样工作了一个时期，倒也相安无事。我只是感到，每逢我无事，坐在窗前一张破旧肮脏的沙发上休息的时候，主任进来了，就向我怒目而视，并加以睥睨。这也没什么，这些年我已经锻炼得对一切外界境遇，麻木不仁。我仍旧坐在那里。可以说既无戚容，亦无喜色。

同组有一位女同志，是熟人，出于好心，她把我叫到她的位置那里，对我进行帮助。她和蔼地说：

“你很长时间在乡下劳动，对于当前的文艺精神，文艺动态，不太了解吧？这会给工作带来很大困难。”

“唔。”我回答。

她桌子上放着一个小木匣，里面整整齐齐装着厚厚的一叠卡片。她谈着谈着，就拿出一张卡片念给我听，都是林彪和江青的语录。

现在，林彪和江青关于文艺的胡说八道，被当作金科玉律来宣讲。显然，他们比马克思和恩格斯还具有权威性，还受到尊重。他们的聪明才智，也似乎超过了古代哲人亚里士多德。我不知这位原来很天真的女同志，心里是怎样想的，她的表情非常严肃认真。

等她把所有的卡片，都讲解完了，我回到我的座位上去。我默默地想：古代的邪教，是怎样传播开的呢，是靠教义，还是靠刀剑？世界第二次大战之初，为什么有那么多的人，跟着希特勒这样的流氓狂叫狂跑？除去一些不逞之徒，唯恐天下不乱之外,其余大多数人是真正地信服他,还是为了暂时求得活命?

中午,在食堂吃过饭,我摆好几张椅子,枕着一捆报纸,在办公室睡觉,这对几年来,过着非常生活的我,可以说是一种暂时的享受。天气渐渐冷了,我身上盖着一件破旧的抗日战争时期的战利品,日本军官的黄呢斗篷。触景伤情地想:在那样残酷的年代,在野蛮的日本军国主义面前,我们的文艺队伍,我们的兄弟,也没有这几年在林彪、江青等人的毒害下,如此惨重的伤亡和损失。而灭绝人性的林彪竟说,这个损失,最小最小最小,比不上一次战役,比不上一次瘟疫。

一九七八年十二月十一日

回忆沙可夫同志

沙可夫同志逝世,已经很久了。从他逝世那天,我就想写点什么,但是,心情平静不下来,也不知道该从哪里说起。

我对沙可夫同志有两点鲜明印象:第一,他的作风非常和蔼可亲,从来没有对他领导的这些文艺干部疾言厉色;第二,他很了解每个文艺干部的长处,并能从各方面鼓励他发挥这个专长。遇到有人不了解这个同志的优点所在的时候,他就尽心尽力地替这个干部进行解释。

这好像是很简单的事,但沙可夫同志是坚持不懈,并且是非常真诚、非常热心地做去的。

当时,晋察冀边区是一个战斗非常紧张,生活非常艰苦的地区。但就在这里,聚集了不少从各路而来,各自抱负不凡的文艺青年。

在这些诗人、小说家、美术家、音乐家和戏剧家的队伍前面，走着沙可夫同志。他的生活和他的作风一样，非常朴素。他也有一匹马吧，但在我的印象里，他很少乘骑，多半是驮东西。更没有见过，当大家都艰于举步的时刻，他打马飞驰而过的场面。饭菜和大家一样。只记得有一个时期，因为他有胃病，管理员同志缝制了一个小白布口袋，装上些稻米，塞到我们的小米锅里，煮熟了倒出来送给他吃。我所以记得这点，只是因为觉得这种“小灶”太简单，它反映了我们当时的生活，实在困难。

这些琐事，是他到边区文联工作以后，我记得的。文联刚刚成立的时候，他住在华北联大，我那时从晋察冀通讯社调到文联工作，最初和他见面的机会很少。事隔十年之后，有一次在冀中，据一位美术理论家提供材料，说沙可夫同志当时关心我，就像关心一个“贵宾”一样。我想这是不合事实的，因为我从来也没有当“贵宾”的感觉。但我相信，沙可夫同志是关心我的，因为在和他认识以后，给人的这种印象是很深刻的。

当然，沙可夫同志也很关心这位美术理论家。他在那时负责的工作相当重要。

我很明白：领导文艺队伍和从事文艺创作是两回事。

从事创作不妨有点洁癖，逐字逐句，进行推敲，但领导文艺工作，就得像大将用兵一样。因此，任用各种各样的人，我从来也不把它看作是沙可夫同志的缺点，这正是他的优点。在当时，人才很缺，有一技之长，就是财宝。而有些青年，在过去或是现在，确实是发挥了很大作用的。

我只是说，当时沙可夫同志领导的这个队伍，真是像俗话所说，“宁带千军万马，不带十样杂耍”，是很复杂的，很难带好的，并且是常常发生“原则的分歧”的。什么理论问题，都曾经有过一番争论。在争论的时候，大都是盛气凌人，自命高深的。我记得，有一次是关于民族形式之争。在文联工作的一些同志，倾向于“新酒新瓶”，在另外一处地方，则倾向于“旧瓶新酒”。我是倾向于“新酒新瓶”的，在《晋察冀日报》上，写了一篇短文，其中有一句大意是：“有过去的遗产，还有将来的遗产。”这竟引起了当时两位戏剧家的气愤，在开会以前，主张先不要进行讨论，以为“有很多人连文艺名词还没弄清”，坚持“应该先编印一本文艺词典”。事隔二十年，不知道这两位同志编纂出这部词书没有？我当时的意思只是说，艺术形式是逐渐发展的，遗产也是积累起来的。

周围站立着这样多的怒目金刚，沙可夫同志总是像慈悲的菩萨一样坐在那里,很少发言,甚至在面部表情上,也很难看出他究竟偏袒哪一方。他叫大家尽量把意见说出来。他明白:现在这些青年,都只是在学习的路上工作,也可以说是在工作的路上学习。谁的意见也不会成为定论,谁的文章也不会成为经典的。但在他做结论的时候,却会使人感到:这次会确实开得有收获,使持各种意见的同志都心平气和下来,走到团结的道路上去,正确执行着党在当时规定的政策。

沙可夫同志在发言的时候,既无锋利惊人之辞,也无叱咤凌厉之态,他只是平平淡淡地讲着,忠实地简直是没有什么发挥地反复说明党的政策。他在文艺问题上,有一套正确的、系统的见解,从不看风使舵。总结工作中的成绩和缺点的时候,实事求是。每次开会,我都有这样一个感觉:他传达着党的文艺方针和政策,就像他从事翻译那样忠实。

是的,沙可夫同志是把他从事翻译的初心,运用到工作里来的。他对文艺干部的领导,是主张多让他们学习。在边区,他组织多次大型的、古典话剧的演出。凡是真正有价值的文学作品,不分古今中外,不管是什么流派,他都帮助大家学习。有些同志,一时爱上了什么,他也不以为怪，他知道这是会慢慢地充实改变的。实际也是这样。例如故去的邵子南同志，当时是以固执欧化著称的，但后来他以同样固执的劲头，又爱上了中国的“三言”。此外，当时对《草叶集》爱不释手的人，后来也许会主张“格律”；喜欢马雅可夫斯基跳动短句的人，也许后来又喜欢了字句的修长和整齐。

在当时那种一切都是从困难中产生的环境里，他珍爱同志们的哪怕是小小的成果。凡有创作，很少在他那里得不到鼓励，更谈不到什么“通不过”了。当然，那时文艺和战争、生产密切结合，好像也很少出现什么有害的作品。当时文联出版一种油印的刊物，叫做《山》，版本的大小和厚薄，就像最早期的《译文》一样，用洋粉连纸印刷。编辑部设在牛栏村东头，一间长不到一丈，宽不到四尺，堆满农具，只有个一尺见方的小窗子的房子里。编辑和校对就是我一个人。沙可夫同志领导这个刊物，真是“放手”，我把稿子送给他看，很少有不同的意见。他不但为这刊物写发刊辞，翻译了重要的理论文章，为了鼓励我们创作，他还写了新诗。

我已经忘记这刊物出了多少期，但它确实曾经刊登了一些切实的理论和作品，著名作家梁斌同志的纸贵洛阳的《红旗谱》的前身，就曾经连续在这个刊物上发表。那时冀中平原的战斗，尤其频繁艰苦，同志们得不到休息的机会和学习的机会，有时到山里来开会，沙可夫同志总是很好地招待，给他们学习的时间和写作的时间。他们有些作品，也发表在这个刊物上。

我和沙可夫同志虽然相处有一二年的时间，但接触和谈话并不很多。我只是一个普通的干部，有些会议并不一定要我去参加。加以我的习性孤独，也很少主动到他那里闲谈。最初，我只知道他在"七七"事变以前，翻译过很多文学作品，在当时起了很大的革命和文学的推动作用，至于他学过戏剧，是到山里以后，才知道一些。关于他曾经学过音乐，并从事革命工作那么长久，是他死后从讣文上我才知道。这当然是由于我的孤陋寡闻，但也证明沙可夫同志，不只在仪表上，非常温文儒雅，在内心里也是非常谦虚谨慎。他好像从来也没有对人夸耀：他做过什么，或是学过什么，或是什么比你们知道得多……

是一九四二年吧，文联的机关取消，分配我到《晋察冀日报》社去工作，当时，我好像不愿去当编辑，愿意下乡。我记得在街上遇到沙可夫同志，我把这个意见提了，那一次他很严肃地只说了三个字："工作么！" 我没有再说，就背上背包走了。这时我已入了党。

从此以后，好像就很少见到他。一九四四年，我们先后到了延安，有一天，他来到鲁艺负责同志的窑洞里，把我叫去，把我在敌后的工作情况，向那位负责同志谈了。送出我来，还问我：是不是把家眷接到延安来？这或者是因为他看到在那里工作的同志，差不多都有配偶，觉得我生活得有些寂寞吧。

全国胜利以后，在一次文艺大会上，休息时我到他的座位那里，谈了几句。他问我近几年写了什么东西，又劝我注意身体，这或者是因为他看出我的身体已经不大好了吧。

一九五九年夏天，我养病到北戴河，一天黄昏，我在海边散步，看见他站在一块岩石上钓鱼，我跑了过去。他一边钓着鱼，一边问了问我的病的情形。当时我看他精神很好，身体外表也很好。在他脚下有处水槽，里面浮动着两只海蟹。但他说的话很少，我就告辞走了。这或者是因为他正在集中精神钓鱼，也或者是因为他自己知道自己的病情，不愿意多说话耗费精神吧。

从此，就再没见过面。

关于沙可夫同志，在他生前，既然接近比较少，多少年来我也没有从别人那里打听过他的生平。关于他的工作，事实和成效俱在，也毋庸我在这里称道。关于他的著述，以后自然有地方要编辑出版。我对于他的记述，真是大者不知，小者不详。整理几点印象，就只能写成这样一篇短文。

一九六二年三月十一日于北京

一九七八年三月改

清明随笔

——忆邵子南同志

邵子南同志死去有好几年了。在这几年里，我时常想起他，有时还想写点什么纪念他，这或者是因为我长期为病所困苦的缘故。实际上，我和邵子南同志之间，既谈不上什么深久的交谊，也谈不上什么多方面的了解。去年冯牧同志来，回忆那年鲁艺文学系，从敌后新来了两位同志，他的描述是："邵子南整天呱啦呱啦，你是整天一句话也不说……"

我和邵子南同志的性格、爱好，当然不能说是完全相反，但确实有很大的距离，说得更具体一些，就是他有些地方，实在为我所不喜欢。

我们差不多是同时到达延安的。最初，我们住在鲁艺东山紧紧相邻的两间小窑洞里。每逢夜晚，我站在窑洞门外眺望远处的景色，有时一转身，望见他那小小的窗户，被油灯照得通明。我知道他是一个人在写文章,如果有客人,他那四川口音,就会声闻户外的。

后来,系里的领导人要合并宿舍,建议我们俩合住到山下面一间窑洞里,那窑洞很大,用作几十人的会场都是可以的,但是我提出了不愿意搬的意见。

这当然是因为我不愿意和邵子南同志去同住, 我害怕受不了他那整天的聒噪。领导人没有勉强我,我仍然一个人住在小窑洞里。我记不清邵子南同志搬下去了没有,但我知道,如果领导人先去征求他的意见,他一定表示愿意,至多请领导人问问我……我知道,他是没有这种择人而处的毛病的。并且,他也绝不会因为这些小事,而有丝毫的芥蒂,他也是深知道我的脾气的。

所以,他有些地方,虽然不为我所喜欢,但是我很尊敬他,就是说,他有些地方,很为我所佩服。

印象最深的是他那股子硬劲,那股子热情,那说干就干、干脆爽朗的性格。

我们最初认识是在晋察冀边区。边区虽大,但同志们真是一见如故,来往也是很频繁的。那时我在晋察冀通讯社工作,住在一个叫三将台的小村庄,他在西北战地服务团工作，住在离我们三四里地的一个村庄，村名我忘记了，只记住如果到他们那里去，是沿着河滩沙路，逆着淙淙的溪流往上走。

有一天，是一九四〇年的夏季吧，我正在高山坡上一间小屋里，帮着油印我们的刊物《文艺通讯》。他同田间同志来了，我带着两手油墨和他们握了手，田间同志照例只是笑笑，他却高声地说："久仰——真正的久仰！"

我到边区不久，也并没有什么可仰之处，但在此以前，我已经读过他写的不少诗文。所以当时的感觉，只是：他这样说，是有些居高临下的情绪的。从此我们就熟了，并且相互关心起来。那时都是这样的，特别是做一样工作的同志们，虽然不在一个机关，虽然有时为高山恶水所阻隔。

我有时也到他们那里去，他们在团里是一个文学组。四五个人住在一间房子里，屋里只有一张桌子，放着钢板蜡纸，墙上整齐地挂着各人的书包、手榴弹。炕上除去打得整整齐齐准备随时行动的背包，还放着油印机，堆着刚刚印好还待折叠装订的诗刊。每逢我去了，同志们总是很热情地说："孙犁来了，打饭去！"还要弄一些好吃的菜。他们都是这样热情，非常真挚，这不只对我，对谁也是这样。他们那个文学组，给我留下了非常好的印象。主要是，我看见他们生活和工作得非常紧张，有秩序，活泼团结。他们对团的领导人周巍峙同志很尊重，相互之间很亲切，简直使我看不出一点“诗人”、“小说家”的自由散漫的迹象。并且，使我感到，在他们那里，有些部队上的组织纪律性——在抗日战争期间，我很喜欢这种味道。

我那时确实很喜欢这种军事情调。我记得：一九三七年冬季，冀中区刚刚成立游击队。有一天，我在安国县，同当时在政治部工作的阎、陈两位同志走在大街上。对面过来一位领导人，小阎整整军装，说：“主任！我们给他敬个礼。”临近的时候，素日以吊儿郎当著称的小阎，果然郑重地向主任敬了礼。这一下，在我看来，真是给那个县城增加了不少抗日的气氛，事隔多年，还活泼地留在我的印象里。

因此，在以后人们说到邵子南同志脾气很怪的时候，简直引不起我什么联想，说他固执，我倒是有些信服。

那时，他们的文学组编印《诗建设》，每期都有邵子南同志的诗，那用红绿色油光纸印刷的诗传单上，也每期有他写的很多街头诗。此外，他写了大量的歌词，写了大型歌剧《不死的人》。战斗、生产他都积极参加，有时还登台演戏，充当配角，帮助布景卸幕等等。

我可以说，邵子南同志在当时所写的诗，是富于感觉，很有才华的。虽然，他写的那个大型歌剧，我并不很喜欢。但它好像也为后来的一些歌剧留下了不小的影响，例如过高的调门和过多的哭腔。我所以不喜欢它，是觉得这种形式，这些咏叹调，恐怕难为群众所接受，也许我把群众接受的可能性估低和估窄了。

当时，邵子南同志好像是以主张“化大众”，受到了批评，详细情形我不很了解。他当时写的一些诗，确是很欧化的。据我想，他在当时主张“化大众”，恐怕是片面地从文艺还要教育群众这个性能上着想，忽视了群众的斗争和生活，他们的才能和创造，才是文艺的真正源泉这一个主要方面。不久，他下乡去了，在阜平很小的一个村庄，担任小学教师。在和群众一同战斗一同生产的几年，并经过学习党的文艺政策之后，邵子南同志改变了他的看法。我们到了延安以后，他忽然爱好起中国的旧小说，并发表了那些新“三言”似的作品。

据我看来，他有时好像又走上了一个极端，还是那样固执，以致在作品表现上有些摹拟之处。而且，虽然在形式上大众化了，但因为在情节上过分喜好离奇，在题材上多采用传说，从而减弱了作品内容的现实意义。这与以前忽视现实生活的“欧化”，势将异途而同归。如果再过一个时期，我相信他会再突破这一点，在创作上攀登上一个新的境界。

他的为人，表现得很单纯，有时甚至叫人看着有些浅薄而自以为是，这正是他的可爱、可以亲近之处。他的反应性很锐敏很强烈，有时爱好夸夸其谈，不叫他发表意见是很困难的。他对待他认为错误和恶劣的思想和行动，不避免使用难听刺耳的语言，但在我们相处的日子，他从来也没有对同志或对同志写的文章，运用过虚构情节或绕弯暗示的“文艺”手法。

在延安我们相处的那一段日子里，他很好说这样两句话：“你走你的阳关道，我走我的独木桥。”有时谈着谈着，甚至有时是什么也没谈，就忽然出现这么两句。邵子南同志是很少坐下来谈话的，即使是闲谈，他也总是在屋子里来回走动着。这两句话他说得总是那么斩钉截铁，说时的神气也总是那么趾高气扬。说完以后，两片薄薄的缺乏血色的嘴唇紧紧一闭，简直是自信到极点了。

我不知道他为什么好说这样两句话，有时甚至猜不出他又想到什么或指的是什么。作为精辟的文学语言，我也很喜欢这两句话。在一个问题上，独抒己见是好的，在一种事业上,敢于尝试也是好的。但如果要处处标新立异,事事与众不同,那也会成为一种虚无吧。邵子南同志特别喜爱这两句话,大概是因为它十分符合他那一种倔强的性格。

他的身体很不好,就是在我们都很年轻的那些年月,也可以看出他的脸色憔悴,先天的营养不良和长时期神经的过度耗损,但他的精神很焕发。在那年夏天,我们初次见面的时候,他留给我的印象是:挺直的身子,黑黑的头发,明朗的面孔,紧紧闭起的嘴唇。灰军装,绿绑腿,赤脚草鞋,走起路来,矫健而敏捷。这种印象,直到今天,在我眼前,还是栩栩如生。他已经不存在了。

关于邵子南同志,我不了解他的全部历史,我总觉得,他的死是党的文艺队伍的一个损失,他的才华灯盏里的油脂并没枯竭,他死得早了一些。因为我们年岁相当,走过的路大体一致,都是少年贫困流浪,苦恼迷惑,后来喜爱文艺,并由此参加了革命的队伍,共同度过了不算短的那一段艰苦的岁月。在晋察冀的山前山后,村边道沿,不只留有他的足迹,也留有他那些热情的诗篇。村女牧童也许还在传唱着他写的歌词。在这里,我不能准确估量邵子南同志写出的相当丰富的作品对于现实的意义，但我想，就是再过些年，也不见得就人琴两无音响。而他那从事文艺工作和参加革命工作的初心，我自认也是理解一些的。他在从事创作时，那种勤勉认真的劲头，我始终更是认为可贵，值得我学习的。在这篇短文里，我回忆了他的一些特点，不过是表示希望由此能“以逝者之所长，补存者之不足”的微意而已。

今年春寒，写到这里，夜静更深，窗外的风雪，正在交织吼叫。记得那年，我们到了延安，延安丰衣足食，经常可以吃到肉，按照那里的习惯，一些头蹄杂碎，是抛弃不吃的。有一天，邵子南同志在山沟里拾回一个庞大的牛头，在我们的窑洞门口，架起大块劈柴，安上一口大锅，把牛头原封不动地煮在里面，他说要煮上三天，就可以吃了。

我不记得我和他分享过这顿异想天开的盛餐没有。在那黄昏时分，在那寒风凛冽的山头，在那熊熊的火焰旁边，他那兴高采烈的神情，他那高谈阔论，他那爽朗的笑声，我好像又看到听到了。

一九六二年四月一日于天津

远的怀念

一九三八年春天,我在本县参加抗日工作,认识了人民自卫军政治部的宣传科长林扬。他是“七七”事变后,刚刚从北平监狱里出来,就参加了抗日武装部队的。他很弱,面色很不好,对人很和蔼。他介绍我去找路一,说路正在组织一个编辑室,需要我这样的人。路住在侯町村,初见面,给我的印象太严肃了:他坐在一张太师椅上,冬天的军装外面,套了一件那时乡下人很少见到的风雨衣,腰系皮带,斜佩一把大盒子枪,加上他那黑而峻厉的面孔,颇使我望而生畏。我清楚地记得,第一次和诗人远千里见面,是在他那里,由他介绍的。

远高个子,白净文雅,书生模样,这种人我是很容易接近的,当然印象很好。

第二年,我转移到山地工作。一九四〇年秋季,我又跟随路从山地回到冀中。路是很热情爽快的人,我们已经很熟很要好了。

在我县郝村,又见到了远,他那时在梁斌领导的剧社工作,是文学组长,负责几种油印小刊物的编辑工作。我到冀中后,帮助编辑《冀中一日》,当地做文艺工作的同志,很多人住在郝村,在一个食堂吃饭。

这样,和远见面的机会就很多。他每天总是笑容满面的,正在和本剧团一位高个的女同志恋爱。每次我给剧团团员讲课的时候,他也总是坐在地下,使我深受感动并且很不安。

就在这个秋天,冀中军区有一次反“扫荡”。我跟随剧团到南边几个县打游击, 后又回到本县。滹沱河发了水,决定暂时疏散,我留本村。远要到赵庄,我给他介绍了一个亲戚做堡垒户, 他把当时穿不着的一条绿色毛线裤留给了我。

一九四五年,日本投降后,我从延安回到冀中,在河间又见到了远。他那时拄着双拐,下肢已经麻痹了。精神还是那样好,谈笑风生。我们常到大堤上去散步,知道他这些年的生活变化,如不坚强,是会把他完全压倒的。“五一”大“扫荡”以后,他在地洞里坚持报纸工作,每天清晨,从地洞里出来,透透风。洞的出口在野外,他站在园田的井台上,贪馋地呼吸着寒冷新鲜的空气。看着阳光照耀的、尖顶上挂着露珠的麦苗,多么留恋大地之上啊!

我只有在地洞过一夜的亲身体验,已经觉得窒息不堪,如同活埋在坟墓里。而他是要每天钻进去工作,在萤火一般的灯光下,刻写抗日宣传品,写街头诗,一年,两年。后来,他转移到白洋淀水乡,长期在船上生活战斗,受潮湿,得了全身性的骨质增生病。最初是整个身子坏了,起不来,他很顽强,和疾病斗争,和敌人斗争,现在居然可以同我散步,虽然借助双拐,他也很高兴了。

他还告诉我:他原来的爱人,在“五一”大“扫荡”后,秋夜蹚水转移,掉在旷野一眼水井里牺牲了。

我想起远留给我的那条毛线裤,是件女衣,可能是牺牲了的女同志穿的,我过路以前扔在家里。第二年春荒,家里人拿到集上去卖,被一群汉奸女人包围,几乎是讹诈了去。

她的牺牲,使我受了启发,后来写进长篇小说的后部,作为一个人物的归结。

进城以后,远又有了新的爱人。腿也完全好了,又工作又写诗。有一个时期,他是我的上级,我私心庆幸有他这样一个领导。一九五三年，我到安国县下乡，路经保定，他住在旧培德中学的一座小楼上，热情地组织了一个报告会，叫我去讲讲。

我爱人病重，住在省医院的时候，他曾专去看望了她，惠及我的家属，使她临终之前，记下我们之间的友谊。

听到远的死耗，我正在干校的菜窖里整理白菜。这个消息，在我已经麻木的脑子里，沉重地轰击了一声。夜晚回到住处，不能入睡。

后来，我的书籍发还了，所有现代的作品，全部散失，在当作文物保管的古典书籍里，却发见了远的诗集《三唱集》。这部诗集出版前，远曾委托我帮助编选，我当时并没有认真去做。远明知道我写的字很难看，却一定要我写书面，我却兴冲冲写了。现在面对书本，既惭愧有负他的嘱托，又感激他对旧谊的重视。我把书郑重包装好，写上了几句话。

远是很聪明的，办事也很干练，多年在政治部门工作，也该有一定经验。他很乐观，绝不是忧郁病患者。对人对事，有相当的忍耐力。他的记忆力之强，曾使我吃惊，他能够背诵“五四”时代和三十年代的诗，包括李金发那样的诗。远也很爱惜自己的羽毛，但他终于被林彪、“四人帮”迫害致死。

他在童年求学时，后来在党的教育下，便为自己树立人生的理想，处世的准则，待人的道义，艺术的风格等等。循规蹈矩，孜孜不倦，取得了自己的成就。我没有见过远当面骂人，训斥人；在政治上、工作上，也看不出他有什么非分的想法，不良的作风。我不只看见他的当前，也见过他的过去。

他在青年时是一名电工，我想如果他一直爬在高高的电线杆上，也许还在愉快勤奋地操作吧。

现在，不知他魂飞何处，或在丛莽，或在云天，或徘徊冥途，或审视谛听，不会很快就随风流散，无处招唤吧。历史和事实都会证明：这是一个美好的，真诚的，善良的灵魂。他无负于国家民族，也无负于人民大众。

一九七六年十二月七日夜记

伙伴的回忆

忆侯金镜

一九三九年，我在阜平城南庄工作。在一个初冬的早晨，我到村南胭脂河边盥洗，看见有一支队伍涉水过来。这是一支青年的、欢乐的、男男女女的队伍。是从延安来的华北联大的队伍，侯金镜就在其中。

当时，我并不认识他。我也还不认识走在这个队伍中间的许多戏剧家、歌唱家、美术家。

一九四一年，晋察冀文联成立以后，我认识了侯金镜。他是联大文艺学院文学系的研究人员。他最初给我的印象是：老成稳重，说话洪亮而短促。脸色不很好，黄而有些浮肿。和人谈话时，直直地站在那里，胸膛里的空气总好像不够用，时时在倒吸着一口凉气。

这个人可以说是很严肃的，认识多年，我不记得他说过什么玩笑话，更不用说相互之间开玩笑了。这显然和他的年龄不相当，很快又结了婚，他就更显得老成了。

他绝不是未老先衰，他的精力很是充沛，工作也很热心。在一些会议上发言，认真而有系统。他是研究文艺理论的，但没有当时一些青年理论家常有的、那种飞扬专断的作风，也不好突出显示自己。这些特点，给我留下了好的印象，觉得他是可以亲近的。但接近的机会究竟并不太多，所以终于也不能说是我在晋察冀时期的最熟识的朋友。

然而，友情之难忘，除去童年结交，就莫过于青年时代了。晋察冀幅员并不太广，我经常活动的，也就是几个县，如果没有战事，经常往返的，也就是那几个村庄，那几条山沟。各界人士，我认识得少；因为当时住得靠近，文艺界的人，却几乎没有一个陌生。阜平号称穷山恶水，在这片炮火连天的土地上，汇集和奔流着来自各方的兄弟般的感情。

以后，因为我病了，有好些年，没有和金镜见过面。一九六〇年夏天，我去北京，他已经在《文艺报》和作家协会工作，他很热情，陪我在八大处休养所住了几天，又到颐和园的休养所住了几天。还记得他和别的同志曾经陪我到香山去玩过。这当然是大家都知道我有病,又轻易不出门,因此牺牲一点时间,同我到各处走走看看的。

这样,谈话的机会就多了些,但因为我不善谈而又好静,所以金镜虽有时热情地坐在我的房间,看到我总提不起精神来,也就无可奈何地走开了。只记得有一天黄昏,在山顶,闲谈中,知道他原是天津的中学生,也是因为爱好文艺,参加革命的。他在文学事业上的初步尝试,比我还要早。另外,他好像很受"五四"初期启蒙运动的影响,把文化看得很重。他认为现在有些事,所以做得不够理想,是因为人民还缺乏文化的缘故。当时我对他这些论点,半信半疑,并且觉得是书生之见,近于迂阔。他还对我谈了中央几个文艺刊物的主编副主编,在几年之中,有几人犯了错误。因为他是《文艺报》的副主编,担心犯错误吧,也只是随便谈谈,两个人都一笑完事。我想,金镜为人既如此慎重老练,又在部队做过政治工作,恐怕不会出什么娄子吧。

在那一段时间,他的书包里总装着一本我写的《白洋淀纪事》。他几次对我说:"我要再看看。"那意思是,他要写一篇关于这本书的评论,或是把意见和我当面谈谈。他每次这样说,我也总是点头笑笑。他终于也没有写,也没有谈。这是我早就猜想到的。对于朋友的作品,是不好写也不好谈的。过誉则有违公论,责备又恐伤私情。

他确实很关心我,很细致。在颐和园时,我偶然提起北京什么东西好吃,他如果遇到,就买回来送给我。有时天晚了,我送客人,他总陪我把客人送到公园的大门以外。在夜晚,公园不只道路曲折,也很空旷,他有些不放心吧。

此后十几年,就没有和金镜见过面。

最后听说:金镜的干校在湖北。在炎热的夏天,他划着小船在湖里放鸭子,他血压很高,一天晚上,劳动归来,脑溢血死去了。他一直背着"反党"的罪名,因为他曾经指着在文化大革命期间报刊上经常出现的林彪形象,说了一句:"像个小丑!"金镜死后不久,林彪的问题就暴露了。

我没有到过湖北,没有见过那里的湖光山色,只读过范仲淹描写洞庭湖的文章。我不知道金镜在的地方,是否和洞庭湖一水相通。我现在想到:范仲淹所描写的,合乎那里天人的实际吗?他所倡导的先忧后乐的思想,能对在湖滨放牧家禽的人,起到安慰鼓舞的作用吗?金镜曾信服地接受过他那不以物喜,不以己悲的劝诫吗?

在历史上,不断有明哲的语言出现,成为一些人立身的准则,行动的指针。但又不断有严酷的现实,恰恰与此相反,使这些语言,黯然失色,甚至使提倡者本身头破血流。然而人民仍在觉醒,历史仍在前进,炎炎的大言,仍在不断发光,指引先驱者的征途。我断定,金镜童年,就在纯洁的心灵中点燃的追求真理的火炬,即使不断遇到横加的风雨,也不会微弱,更不会熄灭的。

忆郭小川

一九四八年冬季,我在深县下乡工作。环境熟悉了,同志们也互相了解了,正在起劲,有一天,冀中区党委打来电话,要我回河间,准备进天津。我不想走,但还是骑上车子去了。

我们在胜芳集中,编在《冀中导报》的队伍里。从冀热辽的《群众日报》社也来了一批人,这两家报纸合起来,筹备进城后的报纸出刊。小川属于《群众日报》,但在胜芳,我好像没有见到他。早在延安,我就知道他的名字,因为我交游很少,也没得认识。

进城后，在伪《民国日报》的旧址，出版了《天津日报》。小川是编辑部的副主任，我是副刊科的副科长。我并不是《冀中导报》的人，在冀中时，却常常在报社住宿吃饭，现在成了它的正式人员，并且得到了一个官衔。

编辑部以下有若干科，小川分工领导副刊科，是我的直接上司。小川给我的印象是：一见如故，平易坦率，热情细心，工作负责，生活整饬。这些特点，在一般文艺工作者身上是很少见的。所以我对小川很是尊重，并在很长时间里，我认为小川不是专门写诗，或者已经改行，是能做行政工作，并且非常老练的一名干部。

在一块工作的时间很短，不久他们这个班子就原封转到湖南去了。小川在《天津日报》期间，没有在副刊上发表过一首诗，我想他不是没有诗，而是谦虚谨慎，觉得在自己领导下的刊物上发表东西，不如把版面让给别人。他给报社同志们留下的印象，是很好的，很多人都不把他当诗人看待，甚至不知道他能写诗。

后来，小川调到中国作家协会工作。在此期间，我病了几年，联系不多。当我从外地养病回来，有一次到北京去，小川和贺敬之同志把我带到前门外一家菜馆，吃了一顿饭。其中有两个菜，直到现在，我还认为，是我有生以来，吃到的最适口的美味珍品。这不只是我短于交际,少见世面,也因为小川和敬之对久病的我,无微不至地关怀照顾,才留下了如此难以忘怀的印象。

我很少去北京,如果去了,总是要和小川见面的,当然和他的职位能给予我种种方便有关。

我时常想,小川是有作为的,有能力的。一个诗人,担任这样一个协会的秘书长,上上下下,里里外外都来得,我认为是很难的。小川却做得很好,很有人望。

我平素疏忽,小川的年龄,是从他逝世后的消息上,才弄清楚的。他参加革命工作的时候,还不到二十岁。他却能跋山涉水,入死出生,艰苦卓绝,身心并用,为党为人民做了这样多的事,实事求是评定起来,是非常有益的工作。他的青春,可以说是没有虚掷,没有浪过。

他的诗,写得平易通俗,深入浅出,毫不勉强,力求自然,也是一代诗风所罕见的。

很多年没有见到小川,大家都自顾不暇。后来,我听说小川发表了文章,不久又听说受了“四人帮”的批评。我当时还怪他,为什么在这个时候,急于发表文章。

前年,有人说在辉县见到了他,情形还不错,我很高兴。我觉得经过这么几年,他能够到外地去做调查,身体和精神一定是很不错的了。能够这样，真是幸事。

去年，粉碎了"四人帮"，大家正在高兴，忽然传来小川不幸的消息。说他在安阳招待所听到好消息，过于兴奋，喝了酒，又抽烟，当夜就出了事。起初，我完全不相信，以为是传闻之误，不久就接到了他的家属的电报，要我去参加为他举行的追悼会。

我没有能够去参加追悼会。自从一个清晨，听到陈毅同志逝世的广播，怎么也控制不住热泪以后，一听到广播哀乐，就悲不自胜。小川是可以原谅我这体质和神经方面的脆弱性的。但我想如果我不写一点什么纪念他，就很对不起我们的友情。我已经有十几年没有写作的想法了，现在拿起笔来，是写这样的文字。

我对小川了解不深，对他的工作劳绩，知道得很少，对他的作品，也还没有认真去研究，深怕伤害了他的形象。

一九五一年吧，小川曾同李冰、俞林同志，从北京来看我，在我住的院里，拍了几张照片。这一段胶卷，长期放在一个盒子里。前些年，那么乱，却没人过问，也没有丢失。去年，我托人洗了出来，除了我因为不健康照得不好以外，他们三个人照得都很好，尤其是小川那股英爽秀发之气，现在还跃然纸上。

啊,小川,
你的诗从不会言不由衷,
而是发自你肺腑的心声。
你的肺腑,
像高挂在树上的公社的钟,
它每次响动,
都为的是把社员从梦中唤醒,
催促他们拿起铁铲锄头,
去到田地里上工。
你的诗篇,长的或短的,
像大大小小的星斗,
展布在永恒的夜空,
人们看上去,它们都有一定的光亮,
　一定的方位,
就是儿童,
也能指点呼唤它们的可爱的名称。
它们绝不是那转瞬即逝的流星
　　——乡下人叫做贼星,
拖着白色的尾巴,从天空划过,

人们从不知道它的来路，
也不关心它的去踪。
你从不会口出狂言，欺世盗名，
你的诗都用自己的铁锤，
在自己的铁砧上锤炼而成。
雨水从天上落下，
种子用两手深埋在土壤中。
你的诗是高粱玉米，
它比那伪造的琥珀珊瑚贵重。
你的诗是风，
不是转蓬。
泉水呜咽，小河潺潺，大江汹涌！

一九七七年一月三日改讫

回忆何其芳同志

在三十年代初，当我开始写作的时候，何其芳同志在文学方面，已经有了一定的成就。他经常在北方的著名文艺刊物上发表文章，在风格上，有自己独特的地方。他的散文集《画梦录》，还列入当时《大公报》表扬的作品之中。但是，我对他这一时期作品的印象，已经很淡漠，那时文艺界有所谓京派海派之分，我当时认为他的作品属于京派，即讲求文字，但没有什么革命性，我那时正在青年，向往的是那些热辣辣的作品。

一九三八年秋冬之间，我在冀中军区举办的抗战学院担任文艺教官——那是一个军事性质的学院，所以这样称呼。我参加抗日工作不久，家庭观念还很深，这个学院设在深县旧州，离我家乡不远，有时就骑上车子回家看看，那时附近很多县城还在我们手中，走路也很安全。

在进入冬季的时候，形势就紧张起来，敌人开始向冀中进攻，有些县城，已被占领。那时冀中的子弟兵，刚刚建立不久，在武器上，作战经验上，甚至队伍成分上，一时还不能适应这种紧急的局面，学院已经准备打游击。我回家取些衣物，天黑到家不久，听说军队要在我家的房子招待客人，我才知道村里驻有队伍。

第二天上午，有一群抗战学院的男女同学，到我家里来看望，我才知道，所谓军队的客人就是他们，他们是来慰问一百二十师的。

这真使我喜出望外。一百二十师，是我向往已久的英雄队伍，是老八路、老红军，而更使我惊喜不已的是我们村里驻的就是师部，贺龙同志就住在西头。我听了后，高兴得跳起来，说：

“我能跟你们去看看吗？”

“可以。”带队的男同学说：“回头参谋长给我们报告目前形势，你一同去听听吧。”

我跟他们出来，参谋长就住在我三祖父家的南屋里。那是两间很破旧的土坯房，光线也很暗，往常过年，我们是在这里供奉家谱的。参谋长就是周士第同志，他穿一身灰色棉军装，英俊从容。地图就挂在我们过去悬挂家谱那面墙壁上，周士第同志指着地图简要地说明了敌人的企图，和我军的对策。然后，我的学生，向他介绍了我。参谋长高兴地说：

“啊，你是搞文艺的呀，好极了，我们这里有两位作家同志呢，我请他们来你们见见。”

在院子里，我见到了当时随一百二十师出征的何其芳同志和沙汀同志。

他两位都是我景仰已久的作家，沙汀同志的《法律外航线》，是我当时喜爱的作品之一。

他们也都穿着灰布军装，风尘仆仆。因为素不相识，他们过去也不知道我的名字，我记得当时谈话很少。给我的印象，两位同志都很拘谨，也显得很劳累，需要养精蓄锐，准备继续行军，参谋长请他们回去休息，我们就告辞出来了。

周士第同志是那样热情，他送我们出来，我看到，这些将军们，对文艺工作很重视，对从事这种工作的人，是非常喜欢和爱护的。在短短的时间里，给我留下深刻的印象。他请两位作家来和我们相见，不仅因为我们是同行，在参谋长的心中，对于他的部队中有这样两个文艺战士，一定感到非常满意。他把两位请出来，就像出示什么珍藏的艺术品一样，随后就又赶快收进去了。

我回到学院，学院已经开始疏散，打游击。我负责一个流动剧团，到乡下演出几次，敌人已经占了深县县城，我们就编入冀中区直属队里。我又当了一两天车子队长，因为夜间骑车不便，就又把车子坚壁起来，徒步行军。

这样，我们才真正开始了游击战争的生活。首先是学习走路的本领，锻炼这两条腿——革命的重要本钱。每天，白天进村隐蔽，黄昏集合出发。于是十里，五十里，一百里，最多可以走一百四十里。有时走在平坦的路上，有时走在结有薄冰的河滩上。我们不知道，我们前边有多少人，也不知道后边有多少人，在黑夜中，我们只是认准前边一个人绑在背包后面的白色标志，认准设在十字路口的白色路标。行军途中，不准吸烟，不准咳嗽，紧紧跟上。路过村庄，有狗的吠叫声，不到几天，这点声音也消灭了，群众自动把狗全部打死，以利我们队伍的转移前进。

我们与敌人周旋在这初冬的、四野肃杀的、广漠无边的平原之上，而带领我们前进、指挥我们战斗的，是举世闻名、传奇式的英雄贺龙同志。他曾为国家立下汗马功劳，我们对他向往已久。我刚进入革命行列，就能得到他的领导，感到这是我终生的光荣。所以，我在《风云初记》一书中，那样热诚地向他歌颂。

这次行军,对于冀中区全体军民,都是一次大练兵,教给我们在敌人后方和敌人作战的方法。特别是对冀中年轻的子弟兵,是一种难得的宝贵的言传身教。

何其芳和沙汀同志当然也在队伍中间。不过,他们一定在我们的前面,他们更靠近贺龙同志。最近,读到沙汀同志一篇文章,其中说到当时硝烟弥漫的冀中区,我们是一同经受了这次极其残酷、极其英勇、极其光荣的战斗洗礼。

一九四四年夏天,我从晋察冀边区到了延安,在鲁迅艺术学院文学系工作和学习, 当时, 何其芳同志也在那里,他原是文学系的主任,现在休养,由舒群同志代理主任。所以我和他谈话的机会还是不很多。他显然已记不得我们在冀中的那次会见,我也没有提过。我住在东山顶上一排小窑洞里, 他住在下面一层原天主教堂修筑的长而大的砖石窑洞里,距离很近,见面的机会是很多的。

在敌后,我已经有机会读到他参加革命以后的文章,是一篇他答《中国青年》社记者的访问。文字锋利明快,完全没有了《画梦录》那种隐晦和梦幻的风格。在过去,我总以为他是沉默寡言的,到了延安一接近,才知道他是非常健谈的，非常热情的，他是个典型的四川人。并且像一位富有粉笔生涯的教师，对问题是善于争论的，对学生是诲人不倦的，对工作是勇于任事的。所以，并未接触，而从一时的文章来判定一个人，常常是不准确的。

在全国解放以后，有些老熟人，反而很少见面了。我和何其芳同志就是这样，相忘于江湖。最近读了他的两篇遗作，深深感到：他确是一个真正的书生，也是一个真正的学者。他的工作，他的文字，我是很难赶得上，学得来的。他既有很深的基本功，一生又好学不倦，为革命做了很多很好的工作。

一九七七年十一月

悼画家马达

听到马达终于死去了，脑子又像被击中一棒，半夜醒来，再也不能入睡了。青年时代结交的战斗伙伴，相继凋谢，实在使人感怆不已。

只是在今年初，随着党中央不断催促落实政策，流落在西郊一个生产大队的马达，被记忆了起来。报社也三番两次去找他采访，叫他写些受“四人帮”迫害的材料。报社同志回来对我说：

马达住在那个生产大队临大道的尘土飞扬、人声嘈杂、用破席支架起来的防震棚里，另有一间住房，也很残破。客人们去了，他只有一个小板凳，客人照顾他年老有病，让他坐着，客人们随手拾块破砖坐下来。

马达用两只手抱着头，半天不说话。最后，他说：

“我不能说话，我不能激动，让我写写吧。”

在临分别的时候，他问起了我：

“他还在原来的地方住吗？我就是和他谈得来，我到市里要去看他。”

我在延安住的时间很短，也就是一年半的时间。原来是调去学习的，很快日本投降了，就又随着工作队出来。在延安，我在鲁艺做一点工作，马达在美术系。虽说住在一个大院落里，我不记得到过他的窑洞，他也没有到过我的窑洞。听说他的窑洞修整得很别致，他利用土方，削成了沙发、茶几、盆架、炉灶等等。可是同在一个小食堂里吃饭，每天要见三次面，有什么话也可以说清楚的。马达沉默寡言，认识这么些年，他没有什么名言谠论、有风趣的话或生动的表情，留在我的印象里。

从延安出发，到张家口的路上，我和马达是一个队。我因为是从敌后来的，被派作了先遣，每天头前赶路。我有一双从晋察冀穿到延安去的山鞋，现在又把它穿上，另外，还拿上我从敌后山上砍伐来的一根六道木棍。

这次行军，非常轻松，除去过同蒲路，并没有什么敌情。后来，我又兼给女同志们赶毛驴，每天跟在一队小毛驴的后面，迎着西北高原的瑟瑟秋风，听着骑在毛驴背上的女歌手们的抒情，可以想见我的心情之舒畅了。

我在延安是单身，自己生产也不行，没有任何积蓄。有些在延安住久的同志，有爱人和小孩，他们还自备了一些旅行菜。我在延安遇到一次洪水暴发，把所有的衣被，都冲到了延河里去，自己如果不是攀住拴马的桩子，也险些冲进去。组织上照顾我，发给我一套单衣。第二天早晨，水撤了，在一辆大车的车脚下，发见了我的衣包，拿到延河边一冲洗，这样我就有了两套单衣。行军途中，我走一程，就卖去一件单衣，补充一些果子和食物。这种情况当然也是一时的权宜之计，不很正规的。

中午到了站头，我们总是蹲在街上吃饭。马达也是单身，但我不记得和他蹲在一起、共进午餐的情景。只有要在一个地方停留几天，要休整了，我才有机会和他见面，留有印象的，也只有一次。

在晋、陕交界，是个上午，我从住宿的地方出来，要经过一个磨棚，我看到马达正站在那里，聚精会神地画速写。有两位青年妇女在推磨，我没有注意她们推磨的姿态，我只是站在马达背后，看他画画。马达用一支软铅笔在图画纸上轻轻地、敏捷地描绘着，只有几笔，就出现了一个柔婉生动，非常美丽的青年妇女形象。这是素描，就像在雨雾里见到的花朵,在晴空里望到的勾月一般。我确实惊叹画家的手艺了。

我很爱好美术,但手很笨,在学校时,美术一课,总是勉强交卷。从这一次,使我对美术家,特别是画家,产生了肃然起敬的感情。

马达最初, 是在上海搞木刻的。那一时代的木刻,是革命艺术的一支突出的别动队。我爱好革命文学,也连带爱好了木刻,青年时曾买了不少这方面的作品。我一直认为在《鲁迅全集》里,鲁迅同一群青年木刻家的照相中,排在后面,胸前垂着西服领带,面型朴实厚重的,就是马达。但没有当面问过他。马达那时已是一个革命者,而那时的革命,并不是在保险柜里造反,是很危险的生涯。关于他那一段历史,我也没有和他谈起过。

行军到了张家口,我和一群画家,住在一个大院里。我因为一路赶驴太累了,有时间就躺下来休息。忽然有人在什么地方发见了一堆日本人留下的烂纸, 画家们蜂拥而出,去捡可以用来画画的纸片。在延安,纸和颜料的困难,给画家带来了很大的不便。我写文章,也是用一种黄色的草纸。他们只好拿起木刻刀对着梨木板干,木刻艺术就应运而生地得到了长足的发展。他们见到了纸张,这般兴奋,正是表现了他们为了革命工作的热情。

在张家口住了几天,我就和在延安结交的文艺界的朋友们分道扬镳,回到冀中去了。

进天津之初,我常在多伦道一家小饭铺吃饭,在那里有时遇到马达。后来我的家口来了,他还到我住的地方来访一次,从那时起,我觉得马达,在交际方面,至少比我通达一些。又过了那么一段时间,领导上关心,在马场道一带找了一处房,以为我和马达性格相近,职业相当,要我们搬去住在一起。这一次,因为我犹豫不决,没有去成。不久,在昆明路,又给我们找了一处,叫我住楼上,马达住楼下。这一次,他先搬了进去。我的老伴把厨房厕所都打扫干净了,顺路去看望一个朋友,听到一些不利的话,回来又不想搬了。为了此事,马达曾找我动员两次,结果我还是没搬,他就和别人住在一起了。

我是从农村长大的,安土重迁。主要是我的惰性大,如果不是迫于形势,我会为自己画地为牢,在那里站着死去的。马达是在上海混过的,他对搬家好像很有兴趣。

从这一次,我真切地看到,马达是诚心实意愿意和我结为邻居的。古人说,百金买房,千金买邻,足见择邻睦邻的重要性。但是,马达对我恐怕还是不太了解,住在一起,他或者也会大感失望的。我在一切方面,主张调剂搭配。比如,一个好动的,最好配上一个好静的,住房如此,交朋友也是如此。如果两个人都好静,都孤独,那不是太寂寞了吗？当然这也只是我个人的看法。

他搬进新居,我没有到他那里去过。据老伴说,他那屋里尽是一些奇奇怪怪的东西,他也穿着奇怪的衣服,像老和尚一样。他那年轻的爱人,对我老伴称赞了他的画法。这可能是我老伴从农村来,少见多怪。她大概是走进了他的工作室,那种奇异的服装,我想是他的工作服吧。

在刚刚进城那些年,劝业场楼上还有很多古董铺,我常常遇见马达坐在里面。后来听说他在那里买了不少乌漆八黑的,确实说,是人弃我取,一般人不愿意要的东西。他花大价钱买了来。屋里摆满了这种什物,加上一个年老沉默的人,在其中工作,的确会给人一种不太爽朗的感觉。

在艺术风格上,进城以后,他爱上了砖刻。我外行地想,至少在工作材料上,比起木刻更原始一层。他刻出的一些人物形象,信而好古,好像并不为当代的广大群众所喜闻乐见。

他很少出来活动。从红尘十丈的长街上,退避到笼子一样的房间里，这中间，可能有他力不从心的难言之隐吧。对现实生活越来越陌生，越陌生就越不习惯。以为生活像田园诗似的，人都像维娜斯似的，笑都像蒙娜丽莎似的，一接触实际，就要碰壁。他结婚以后，青春做伴，可能改变了生活的气氛。

古往今来，一些伟大的画师，以怪僻的习性，伴随超人的成绩。但是，所谓独善其身或是洁身自好，只能说是一句空话，是与现实生活矛盾的，也是不可能的。你脱离现实，现实会去接近你。

一九六六年冬季，有一群人，闯进了他的住宅，翻箱倒柜。马达俯在他出生不久的儿子身上，安静地对进来的人说：

“你们，什么东西也可以拿去，不要吓着我的小孩！”

他在六十多岁时，才有了这个孩子。

接着就是全家被迫迁往郊区。“四人帮”善于巧立名目，借刀杀人，加给他的罪名是：资产阶级反动权威。

这十几年，当然我们没有见过面。就是最近，他也没得到我这里来过，市里的房子迟迟解决不了，他来办点事，还要赶回郊区。我因为身体不好，也没有能到医院看望他。这都算不得什么，谈不上什么遗憾的。

我一直相信，马达在郊区，即使生活多么困难和不顺利，他是可以过得去的。因为，他曾经长时期度过更艰难困苦的生活。听说他在农村教了几个徒弟，这些徒弟帮他做一些他力所不及的劳动。当然，他遭遇的是精神上的折磨和人格的被侮辱。我也断定，他可以活下来，因为他是能够置心澹定，自贵其生的。他确实活过来了，在农村画了不少画，并见到了“四人帮”及其体系的可耻破灭。

一九七八年四月二十二日

谈赵树理

山西自古以来,就是多才多艺之乡。在八年抗日战争期间,作为敌后的著名抗日根据地,在炮火烽烟中,绽放了一枝奇异的花,就是赵树理的小说创作。

赵树理的小说,以其故事的通俗性,人物性格的鲜明,特别是语言的地方色彩,引起了各个抗日根据地军民的注意。他的几种作品,不胫而走,油印、石印、铅印,很快传播。

抗日战争刚刚结束,我在冀中区读到了他的小说:《小二黑结婚》、《李有才板话》和《李家庄的变迁》。

我当即感到,他的小说,突破了此前一直很难解决的,文学大众化的难关。

在他以前,所有文学作者,无不注意通俗传远的问题。"五四"白话文学的革命,是破天荒地向大众化的一次进军。几经转战,进展好像并不太大,文学作品虽然白话了,仍然局限在少数读者的范围里。理论上的不断探讨,好像并不能完全解决大众化的实践问题。

文学作品能不能通俗传远,作家的主观愿望固然是一种动力,但是其他方面的条件,也很重要。多方面的条件具备了,才能实现大众化,主要是现实生活和现实斗争的需要,政治的需要。在这两项条件之外,作家的思想锻炼,生活经历,艺术修养和写作才能,都是缺一不可的必要条件。

我曾默默地循视了一下赵树理的学习、生活和创作的道路。因为和他并不那么熟悉,有些只是以一个同时代人的猜测去进行的。

据王中青的一篇回忆记载:一九二六年赵树理"在长治县山西省立第四师范学校念书。他平易近人,说话幽默,是一个很有风趣的人。他勤奋好学,博览群书,向当时上海左翼作家的作品学习,向民间传统艺术学习。他那时就可谓是一位博学多识,多才多艺的青年文艺作者"。

这段回忆出自赵树理的幼年同学,后来的战友,当然是非常可信的。其中提到的许多史实,都对赵树理以后的创作,有直接的关系。但是,即使赵树理当时已具备这些特点，如果没有遇到抗日战争，没有能与这一伟大历史环境相结合，那么他的前途，他的创作，还是很难预料的。

在学校，他还是一个文艺爱好者，毕业以后，按照当时一般的规律，他可以沉没乡塾，也可以老死户牖。即使他才情卓异，能在文学上有所攀登，可以断言，在创作上的收获，也不会达到我们现在所能看到的高度。

创作上的真正通俗化，真正为劳苦大众所喜见乐闻，并不取决于文字形式上。如果只是那样，这一问题，早已解决了。也不单单取决于文学的题材。如果只是写什么的问题，那也很早就解决了。它也不取决于对文学艺术的见解，所学习的资料。在当时有见识，有修养的人才多得很，但并没有出现赵树理型的小说。

这一作家的陡然兴起，是应大时代的需要产生的，是应运而生，时势造英雄。

当赵树理带着一支破笔，几张破纸，走进抗日的雄伟行列时，他并不是一名作家。他同那些刚放下锄头，参加抗日的广大农民一样，并没有觉得自己有任何特异的地方。他觉得自己能为民族解放献出的，除去应该做的工作，就还有这一支笔。

他是大江巨河中的一支细流，大江推动了细流，汹涌前去。

他的思想,他的所恨所爱,他的希望,只能存在于这一巨流之中,没有任何分散或格格不入之处。

他同身边的战士,周围的群众,休戚与共,亲密无间。

他要写的人物,就在他的眼前,他要讲的故事,就在本街本巷。他要宣传、鼓动,就必须用战士和群众的语言,用他们熟悉的形式,用他们的感情和思想。而这些东西,就在赵树理的头脑里,就在他的笔下。

如果不是这样,作家是不会如此得心应手,唱出了时代要求的歌。

正当一位文艺青年需要用武之地的时候,他遇到了最广大的场所,最丰富的营养,最有利的条件。

是的,每个时代都有它自己的歌手。但是,歌手的时代,有时要成为过去。这一条规律,在中国文学史上,特别显著。

随着抗日战争的胜利,土地改革的胜利,解放战争的胜利,随着全国解放的胜利锣鼓,赵树理离开乡村,进了城市。

全国胜利,是天大的喜事。但对于一个作家来说,问题就不这样简单了。

从山西来到北京，对赵树理来说，就是离开了原来培养他的土壤，被移置到了另一处地方，另一种气候、环境和土壤里。对于花木，柳宗元说："其土欲故。"

他的读者群也变了，不再完全是他的战斗伙伴。

这里对他表示了极大的推崇和尊敬，他被展览在这新解放的，急剧变化的，人物复杂的大城市里。

不管赵树理如何恬淡超脱，在这个经常遇到毁誉交于前，荣辱战于心的新的环境里，他有些不适应。就如同从山地和旷野移到城市来的一些花树，它们当年开放的花朵，颜色就有些暗淡了下来。

政治斗争的形势，也有变化。上层建筑领域，进入了多事之秋，不少人跌落下来。作家是脆弱的，也是敏感的。他兢兢业业，唯恐有什么过失，引来大的灾难。

渐渐也有人对赵树理的作品提出异议。这些批评者，不用现实生活去要求、检验作品，只是用几条杆棒去要求、检验作品。他们主观唯心地反对作家写生活中所有，写他们所知，而责令他们写生活中所无或他们所不知。于是故事越来越假，人物越来越空。他们批评赵树理写的多是落后人物或中间人物。吹捧者欲之升天，批评者欲之入地。对赵树理个人来说，升天入地都不可能。他所实践的现实主义传统，只要求作家创造典型的形象，并不要求写出“高大”的形象。他想起了在抗日根据地工作时，那种无忧无虑，轻松愉快的战斗心情。他经常回到山西，去探望那里的人们。

他的创作迟缓了，拘束了，严密了，慎重了。因此，就多少失去了当年的青春泼辣的力量。

很长时期，他专心致志地去弄说唱文学。赵树理从农村长大，他对于民间艺术是非常爱好，也非常精通的。他根据田间的长诗《赶车传》，改编的《石不烂赶车》鼓词，令人看出，他不只对赶车生活知识丰富，对鼓词这一形式，也运用自如。这是赵树理一篇得意的作品。

这一时期，赵树理对于民间文艺形式，热爱到了近于偏执的程度。对于“五四”以后发展起来的各种新的文学形式，他好像有比一比看的想法。这是不必要的。民间形式，只是文学众多形式的一个方面。它是因为长期封建落后，致使我国广大农民，文化不能提高，对城市知识界相对而言的。任何形式都不具有先天的优越性，也不是一成不变，而是要逐步发展，要和其他形式互相吸收、互相推动的。

流传民间的通俗文艺,也型类不一,神形各异。文艺固然应该通俗,但通俗者不一定皆得成为文艺。赵树理中后期的小说,读者一眼看出,渊源于宋人话本及后来的拟话本。作者对形式好像越来越执著,其表现特点为:故事行进缓慢,波澜激动幅度不广,且因过多罗列生活细节,有时近于卖弄生活知识。遂使整个故事铺摊琐碎,有刻而不深的感觉。中国古典小说的白描手法,原非完全如此。

进城不久,是一九五〇年的冬季吧,有一天清晨,赵树理来到了我在天津的狭小的住所。我们是初次见面,谈话的内容,现在完全忘记了,但他留给我的印象是很清楚的。他恂恂如农村老夫子,我认为他是一个典型的农民作家。

因为是同时代,同行业,加上我素来对他很是景仰,他的死亡,使我十分伤感。他是我们这一代的优秀人物。他的作品充满了一个作家对人民的诚实的心。

林彪、"四人帮"当然不会放过他。在林彪、"四人帮"兴妖作怪的那些年月,赵树理在没有理解他们的罪恶阴谋之前,最初一定非常惶惑。在既经理解之后,一定是非常痛恨的。他们不只侮辱了他,也侮辱了他多年来为之歌颂的,我们的党、国家和人民。

天生妖孽,残害生民。在林彪、"四人帮"鼓动起来的腥风血雨之中，人民长期培养和浇灌的这一株花树，凋谢死亡。这是文学艺术的悲剧。

经济、政治、文艺，自古以来，就形成了一种非常固定，非常自然的关系。任何改动其位置，或变乱其关系的企图，对文艺的自然生成，都是一种灾难。

文艺的自然土壤，只能是人民的现实生活和斗争，植根于这种土壤，文艺才能有饱满的生机。使它离开这个土壤，插进多么华贵的瓶子里，对它也只能是伤害。

林彪、"四人帮"这些政治野心家，用实用主义对待文艺。他们一时把文艺捧得太高，过分强调文艺的作用，几乎要和政治，甚至和经济等同起来。历史已经残酷地记载：在他们这样做的时候，常常是为他们在另一个时候，过分贬低文艺，惩罚文艺，甚至屠宰文艺，包藏下祸心。

一九七八年十一月十一日

《方纪散文集》序

轻易不得见面的曾秀苍同志，今天早晨带了一包东西，到我这里来，说：

“方纪同志委托我，把他的一部散文集的清样送给你，请你给他写篇序。”

我当即回答：

“请你回去告诉方纪同志，我很愿意做这件工作，并且很快就可以写出来，请他放心。”

我这种义不容辞的慷慨态度，对熟悉我的疏懒性格的人来说，简直有些突如其来，一反常态了。

我要说明其中原委，共有三点。

一、我和方纪同志，是“同时代的人”。他曾经计划写一部长篇小说，题目就是这几个字。每一个时代，都有它特殊的风貌，以区别于历史长河的其他时期。每一个时代的人，也有他们特殊的经历，知识分子的特色，尤其显著。我们所经历的时代，并非自诩，我以为是很不平凡的。我们经历了中国革命进展的重大阶段。我们把青春献给了祖国和人民的解放事业。我们的共同之点还有，我们都是爱好文学艺术，从而走进革命的队伍，这可以说是为革命而文学，也可以说是为文学而革命。

二、我和方纪同志，可以说是老朋友了。一九四五年，我在延安，并不认识他。一九四六年冬天，他从热河到冀中，在河间的一个小村庄，我见到了他。他是从热河赶着一匹小毛驴来的，风尘仆仆，在一家农舍，他的多情的爱人黄人晓同志，正烧水为他洗脚。此后，我们在《冀中导报》，土改运动中，以及进城后在《天津日报》，都生活工作在一起。

三、现在我们都老了，他的健康情况，尤其不好。一九六六年以来，我一直没有见到他，最近在两次集会上，我见到了他，搀扶了他，看到他那样吃力地走路、签名，我都忍不住流下眼泪。

我心里想，方是多么精明强干的人，多么热情奔放的人，他有很大的抱负，他为党和人民，做了很多很重要的工作，现在竟被摧残成了这个状态！当然，我的状态，也不会在他心灵中,引起完全是欣慰的感觉。

我和方在青年时期,即解放战争时期,经常一同骑着自行车,在冀中平原,即我们的故乡,红高粱夹峙的大道上,竞相驰骋。在他的老家,吃过他母亲为我们做的束鹿县特有的豆豉捞面。在驻地农村的黄昏,豆棚瓜架下,他操胡琴,我唱京戏。同到刚刚解放的石家庄开会,夜晚,冒着敌机轰炸的危险,迷恋地去听一位唐姓女演员的地方戏曲。天津解放之前,我同方先到美丽的小镇胜芳,在一家临河小院,一条炕上,抵足而眠,将近一个月。进城时,因为我们的自由主义,离开了大队,几乎遭到国民党散兵的冷枪。

这些情景,都一去不返了,难得再遇。就是那些因为工作或因为生活而发生的争吵,恐怕也难得再有,值得怀念。即使还有机会争吵,我身旁也没有了兼顾情义的老伴,听不到她的劝诫了。

我和方,性格方面,有很大的差异,我看到了他的优点,也看到了他的一些缺点。他对我也是这样。在我们共事期间,常常有争吵,甚至面红耳赤,口出不逊,拍案而起。但事过以后,还是朋友。我死去的爱人,当时曾对他和我说:“你们就像兄弟一样。”她是农民,她的见解是质朴可信的。

方的才气很大,也外露。他的文章,不拘一格,文无定法，有时甚至文无定见。他常常是党之所需，时之所尚，意之所适，情之所钟，就执笔为文，洋洋洒洒。

他的胆量也大，别人不敢说的，他有时冲口而出，别人不敢表现的，他有时抢先写成作品。这样，就有几次站在危险深渊的边缘，幸而没有跌下去。

他的兴趣，方面很广，他好做事，不甘寂寞。大量的行政交际工作，帮助他了解人生现实，在某些方面，也影响了他的艺术进展和锤炼。

文如其人，对方来说，尤其明显。他的散文，视野很广阔，充满真实和热烈的情感。他的文字流畅而美丽，给人以淙淙流水的音响。

时至今日，对于我们这一代老同志，一切客套，我想都不必说了。我珍惜我们之间的友情，也珍惜方的文字。一九六六年以前，我曾把司马光的两句格言：顿足而后起，杖地而后行，告诉了方。他反其意，吟成四句诗，第三句是"为了革命故"，第四句是什么也可以不管。原话我忘记了。他从南方旅行回来，送给我一个竹笔筒，就把他这四句诗，刻在上面，算是对我的激励。这个笔筒，后来被抄走，诗当然成为一条罪状。他寄怀我的其他诗文，也被家人送进了火炉,笔筒不知流落在何家的案头。

党和人民，都在认真总结我们时代的惨痛的经验教训。我们也在总结自己的成败得失。我们的作品,自有当代和后世的读者,做出实事求是的评价。方的文章,是可以传世的。

方很顽强,也很乐观,他一定能战胜疾病,很快恢复健康。

一九七九年二月九日

韩映山《紫苇集》小引

最近,因为学习李贺的诗,也读了杜牧写的序言。我的古文底子很差,反复诵习这篇序,才好像有所领会:古人对于为别人写序,是看得很重的,是非常负责的。杜牧谦让再三,但还是写了。他的序文,对李贺来说,我以为是最确切不过的评价。他用了很长的排偶句子,歌颂了李诗的优长之处,但也指出了他的缺点不足,这篇序文写得极有情致,极有分寸。

我正俯在桌子上读着杜牧的序文,就收到了映山寄来的一包稿子。附着一封信说:他要把自己过去写的短篇,编选成一个集子出版,要我写一篇序。这真是我意想不到也愧不敢当的事。

但因为这是映山的作品,我终于答应试一试。

我和映山,是一九五三年冬季,在保定远千里同志处认识的。那时他是一个农村青年,在保定一中读书。后来,他经常在《天津日报》的《文艺周刊》上投稿。一直到现在,我们之间的文字交往并没有断绝。

这些年,在我交往的人们中间,有的是生死异途,有的是变幻百端的。在林彪和“四人帮”等政治骗子影响下,即使文艺界,也不断出现以文艺为趋附的手段,有势则附而为友,无势则去而为敌的现象。实际上,这已经远劣于市道之交。映山很看不惯这种现象, 他热爱农民的质朴,又回到他的家乡——白洋淀附近去了。我是非常赞赏他这种决断的做法的。

映山是很诚实和正直的。一次,我对他说:“我有很多缺点,其中主要的是闇于知人,临事寡断。”映山坦直地说:“是这样,你有这种缺点。”如果我对别人也说这种话,所得的回答可能相反,但一遇风吹草动,后者的情况,就往往大不相同。

艺术与道德并存。任何时候,正直与诚实都是从事文学工作必须具备的素质。如果谎言能代替艺术,人类就真的不需要艺术了。

映山无疑具备这种素质,应该发扬这种素质。他热爱农村和农民,这是可供文学才力驰骋的广阔天地。映山的作品,有他的特长,这是读过他的作品的人,都会感觉到的。广大的读者,是艺术质量最公平可靠的裁判者,他们不以势利衡文,也不以风向转舵。

凡是为广大群众承认的作家,都是因为他们真实地反映了群众的生活,与群众思想感情之间,建立了牢固、宽广而通畅的桥梁。作家的任务是经常地毫不懈怠地通向群众的心灵深处,长期地无条件地生活在群众中间。

作家不能满足于取得的成绩, 不能满足于自己的长处。应该时时刻刻向远大的目标看,艰苦卓绝地沿着伟大的征途前进。不然,他们取得的长处,就会变为短处,而为从四面八方飞来的灰尘所蒙蔽,或为各种可能遇到的风浪所淹没。

映山是很勤奋的。他不断有新的成就,他的视野越来越广大,他的驾驭题材的手段,也越来越加强。近几年来,他除去在农村生活,还在大工厂生活,这对于他的创作前景,都会增加绚丽而有力的色彩。

一九七八年一月二十三日

《阿凤散文集》序

一九四八年冬季,我们的部队正围攻天津,新闻战线的同志们,暂时集中在胜芳,筹备进城后的报纸工作。我们准备了第一期副刊稿,其中有一篇文章是《谈工厂文艺》。

在农村工作了多年,我们对于农村文艺工作和部队文艺工作,积累了一些经验。天津是工业城市,现在想到的是:如何组织起一支工人文艺队伍。

在这方面,我们经验很少,所以在那篇文章里,也只是提出了一般的要求。但是,进城以后,在我们的副刊版面上,很快就出现了一批工人作者的名字,连续发表了很多很好的散文和短篇小说,在全国发生了影响。

这批工人作者中间,就有阿凤同志,他主要是写散文的。他是铁路工人,他的散文,内容细腻而真实,文字准确而流畅。在工人作者中间，他并不是才华洋溢的，但在文章组织和文字修养方面，他好像经过正规的训练。他产量也多，一时成为全国闻名的工人作家。

一九五七年以后，与他同时崭露头角的几位工人作者，都因为政治上遭到的坎坷，一蹶不振，报刊上再也见不到他们的名字，都到外省外地，去经受严重考验。

阿凤并没有遭遇大的不幸。他的作品逐渐减少了，在艺术上也有些停滞。阿凤的为人，是谨小慎微的，与世无争的。文艺界的风浪起伏以及同伴们的跌坠伤残，使他的写作更加严谨小心起来，与他的为人极端相称。他的作品，主要是歌颂，但并不是声嘶力竭的，其中也不包含狂言和诳言。他的作品，几乎没有暴露，即使对现实有所批评，也是轻描淡写地一提而过。他的作品，不着先鞭，不触时忌。他也不去接触特别奇特或特别重大的题材，他所叙述的常常是一个普通工人或是普通的工人家庭，在某一种政治号召下的，合情合理的自然反映。

就是这样工人出身，兢兢业业的作者，在林彪、"四人帮"当权时，也遭到白眼和歧视。显然，以角、刺、年龄、性别等条件来衡量，作为他们的文艺打手，阿凤是不能入选的。

阿凤所唱的，可以说是我们伟大时代的太平歌词。他的作品，并不是我们这一时代的尖端作品，也不是这一时代的天才作品。但它们是一个历史阶段的一些方面的真实纪录，或者说是一个安分守己的人，对他本身的经历，对他周围的生活的左规右矩的画图。他在艺术上是孜孜不倦的，认真努力，持之以恒的。日积月累，才有了今天的收获，进入艺术的殿堂。

我和阿凤，文字之交已经有三十年了。对于他的为人，对于他的作品，我都是很喜欢的。我认为，在我们的队伍行进之时，方向目标一致，脚步的轻重，步伐的大小，是可以有些差异的。这样才能听出时代的真正合奏。而虚伪和矫饰，无论在生活方面或是在艺术方面，都是不足取的，可耻的。读着阿凤的作品，感到朴素自然，他的作文可以说是“思无邪”的。

很长时间，阿凤成为天津老一代工人作者仅存的硕果，鲁殿灵光。每当我看到他的名字或他的作品，就百感交集。他是我们那个副刊的小小版面上，一时群星灿烂后残存的一颗寂寥的星；他是我们当时苦心经营组织起来的，那一支并不很小的作者队伍，兵折将损后，荷戟彷徨的一员“福将”；他是五十年代，在这一苗圃里生根成长起来，未遭砍伐的一棵老树。

很长时间，我不自量力，想总结一下我们办刊物、培养和组织新的作者，成功或失败的，回忆起来愉快或沉重的经验教训。结果，都力不从心地放下了。只是在去年整理的一篇《编辑笔记》中，简单地谈到两个工人作者，其中第一个就是指的阿凤。读者不嫌麻烦，是可以找来参考的。

一九七九年三月二十日夜

奋勇地前进、战斗

——发言稿

我很少到北京来，这次主要是来看望同志们。

大家知道，我很长时间没有写东西。粉碎“四人帮”以后，《人民文学》两位编辑，约我写了那篇《关于短篇小说》以后，我情绪高涨，陆陆续续发表了一些短文。

作家就其天良来说，没有不愿为党为人民多写一点东西的。就像在阳光雨露下，禾苗花草没有理由不茁壮生长一样。作品需要生机。“四人帮”破坏了这个生机。他们处心积虑地想摧毁我们的党和我们的国家，他们想用封建的愚民政策，把广大人民置于他们奴役之下。他们必然想到了文艺及其作家对他们罪恶行径的障碍。

文艺队伍所受的损失是很大的。许多优秀的同志死去了。老一辈的几乎无例外地身受重创。这确是史无前例的一场浩劫。这是任何人不能掩饰的大现实。我们不能也不应该再讳疾忌医。当前的任务，首先是医治、平复我们的创伤，然后再奋勇地、无有负担地前进、战斗。

在战争年代，当我们受了伤以后，都是这样做的。

这一次，我们主要是受的精神和灵魂方面的创伤。而受这种创伤的，还有我们广大的人民，特别是广大的青少年。

如何从思想意识、道德观念、人生理想许多精神领域清除“四人帮”的流毒影响，这是摆在我们面前的最迫切的战斗任务。我们绝不能忽视，更不能掩饰“四人帮”的流毒在人民身心上的重大伤害。

我们要把不利于繁荣或是还在束缚创作的因素去掉。人并不是生下来就胆小的。如果他第一次在路上遇到的只是井绳，他就不会心有余悸了。

实践是检验真理的唯一标准。归纳起来说，就是实事求是。这些年来，有些文艺作品里的诳言太多了。作家应该说些真诚的话。如果没有真诚，还算什么作家？还有什么艺术？

我们要坚强起来，也要诚实起来。我们要把丢掉了的现实主义再拾起来，充分地发挥它的作用。

一九七八年

信稿(一)

志刚同志：

八月六日惠函敬悉。当晚，拜读了你写的文章。我以为是写得很好的。这当然不是因为你对《白洋淀纪事》这本书，加了好评。

我是觉得，你写评论文章的方法好，即实事求是的方法。这些年，我们在好多领域，丢了这四个字，损失太大了，当然，这是因为"四人帮"蓄意这样做的。

没有实事求是的精神，还有什么辩证法、唯物论？还有什么政治标准、艺术标准？只剩下一根棍子。

你的讲义不是那样做的。与他们相反，你是介绍了作者的历史。这一点很重要。如果不知道、不研究作者的历史，即他所经历的时代，所处的环境，而去谈他的创作，或评价他的创作，那只能是一知半解。

评论一本书，至少应该知道作者的时代、生活和他的气质。这几方面,构成他创作的基点。

所以,你的讲义的第一部分,说我以生活见长,是奖励之辞。同时,还着重说明《白洋淀纪事》所反映的时代,时代的生活环境、精神面貌,这种做法我是很赞同的。

有些评论者不是这样。他不从作者所处的具体时代,具体环境,及由此而来的文学作品,作艺术分析。他有一个一成不变的标准,在不同时代,不同环境的作者的身上丈量。这样做对他说很方便,下结论也简单容易,但想知道一点艺术的说明,可就难了。

其次,我们有同乡之谊,这无疑大大增加了你评论这本书的方便。是的,地方色彩,地方语言,如果评论者与作者山南海北相隔,也是不能细致地领会作者的艺术特点的。

我感觉到:你的艺术感觉,生活感觉都是很敏锐,很正确的。因此,你的一些判断,都是合乎实际,合乎情理,又属辞留有余地,不那么盛气凌人。所以,我在阅读你的文章时,很觉轻松安逸,收益也就大了。

过去,很多作者都成了惊弓之鸟,一见到评论自己作品的文章,不禁先怦怦心跳起来。棍子主义者还向他要求艺术杰出之作,这可能吗?

评论者对作品,应该有定见。过去,有这种现象:他先批评一篇作品如何不好，作者并没有按照他的意见修改；又过了一个时期，形势一变，他又说这篇作品如何好，作者也不因此感到鼓励。这样观点常起变化的评论者，我以为不怎样伟大。

文学作品，语言当然很重要。你对语言的分析，我很佩服。评论者如果对语言没有修养，只是空谈思想政治，他的评论，只能作一般的批判稿看，不能作为文学评论看。评论者对语言，不知什么是美的，什么是恶的，还能评论文学？

你对语言是有知识，有修养，有训练的。又因为我们是同乡，就更能评判我的语言方面的得失。

好吧。以上不像复信，像在写评论，这是因为上午《文艺报》编辑部的同志来了，谈了一上午关于评论的事，我的脑子冷静不下来。

总之：实事求是，从具体作品出发，作具体的艺术分析，你这种方法，我以为是好的。先有概念，然后找一部作品来加以“论证”，那种方法是不足为训的。

祝

教安

孙　犁

一九七七年八月十二日下午

信稿(二)

阎纲同志：

九月四日函敬悉。

你这样客气，询问我对于你所作的评论文章的意见，那些文章，我还没有机会全部拜读，现仅就读书问题，谈一些我个人的领会，供你参考。

我在高中时，因读社会科学书籍，也涉及文艺理论书籍，后来，对这门学科就发生了兴趣，一直持续了若干年。但我所学习写作的文章，都是很零碎的，谈不上什么评论。

我最初读了鲁迅翻译的几本书，即现在收入《鲁迅译文集》第六集中的那四本书。我以为蒲和卢的著作是很有价值的。我不太了解你的读书情况，恐怕早已经读过了吧。

那时，我还读了柯根教授的《伟大的十年间文学》，借以帮助阅读十月革命以后的文学作品。我以为他的文章是写得很明快的，读起来很有兴趣。此外，我读了沈起予翻译的《欧洲文学发展史》和陈望道辑译的《苏俄文学理论》。这都是很早以前的事了，书名可能记得有误。

鲁迅译的厨川白村的两部书，即《出了象牙之塔》和《苦闷的象征》。我以为现在读读还是有好处的，日本人的文章写得轻松活泼，有些道理，也并非全是错误的。

作家的文论，在某一个方面，有时是比较切实可信的，契诃夫的一些见解，是很深刻的。高尔基、鲁迅的评论文章，直到目前，也很难说有人能够超越。

我读俄国十九世纪那三位天才的批评家的文章，比较靠后。

中国古典文论，我以为唐宋以前的较好，《诗经》的序和《文选》的序，都是阐明文章大义，而唐宋以后的文论，则日趋于支离。成本的书，自以《文心雕龙》为最好，它全面地深刻地说明了文章的构成和规律，作家的气质和特点。这是一部哲学性的文艺理论，除非和尚的长年潜修，是不能写出来的。《诗品》和陆机的《文赋》，也很好。

古代作家的文论，我以为柳宗元的最好，全包括在他写给友人的书信中，他的文论切实。韩愈则有些夸张，苏东坡则有些勉强。

读书，确是要有所选择，生当现代，的确没有过多的精力和时间去泛泛涉猎。鲁迅反对读选集，这要看情况而定。像我们，也只能选择一些大作家的作品和选集来读读。每个时代，读其重要作家，每个作家读其重要作品。像断代总集，如《唐文粹》、《宋文鉴》之类，浏览一下即可。

评论家多读作品，较之多读评论，尤为重要。

金圣叹是很有才气的，他的评论是自成一家的，当时影响很大。中国的评选工作，还没有人作一总结，我以为金评《西厢记》，有时是思路很广的。王国维的著作，也应该学习，他的评论是很有根基的。

浅谈如上。你是不弃下愚，使我深受感动。但是，我的学业，是不足一谈的。青年时期，确实读了一些书，也很刻苦。但十几年战争，读书就很困难，加以进城后，十年荒于疾病，十年废于遭逢。近年环境好了，即急起直追，成就恐怕也不会大了。每念及此，不胜惶惭。

别的问题以后再谈。错误之处，希指正。

孙　犁

一九七八年九月七日下午三时

关于《聊斋志异》

我读书很慢，遇到好书好文章，总是细细咀嚼品味，生怕一下读完。所以遇到一部长篇，比如说二十万字的书，学习所需的时日，说起来别人总会非常奇怪。我对于那些一个晚上能看完几十万字小说的人，也是叹为神速的。

《聊斋志异》这部小说，我不是一口气读完，断断续续读了若干年。那时，我在冀中平原做农村工作，农村书籍很缺，加上日本帝国主义的烧掠，成本成套的书是不容易见到的。不知为了什么，我总有不少机会能在老乡家的桌面上、窗台上，看到一两本《聊斋》，当然很不完整，也只是限于石印本。

即使是石印本的《聊斋》吧，在农村能经常遇到，这也并不简单。农村很少藏书之家，能买得起一部《聊斋》，这也并非容易的事。这总是因为老一辈人在外做些事情，或者在村里经营一种商业，才有可能储存这样一部书。

石印本一般是八本十六卷。这家存有前几本，过些日子，我又在别的村庄读到后几本，也许遇到的又是前几本，当然也不肯放过，就再读一遍。这样，综错回环，经过若干年月，我读完了《聊斋》，其中若干篇，读了当然不止一次。

最初，我是喜欢比较长的那些篇，比如《阿绣》、《小翠》、《胭脂》、《白秋练》、《陈云栖》等。因为这些篇故事较长，情意缠绵，适合青年人的口味。

书必通俗方传远。像《聊斋》这部书，以“文言”描写人事景物，在很大程度上，限制了它的读者面。但是，自从它出世以来，流传竟这样广，甚至偏僻乡村也不断有它的踪迹。这就证明：文学作品通俗不通俗，并不仅仅限于文字，即形式，而主要是看内容，即它所表现的，是否与广大人民心心相印，情感相通，而为他们所喜闻乐见。

《聊斋志异》，是一部现实主义的书。它的内容和它的表现形式，在创作中，已经铸为一体。因此，即使经过怎样好的“白话翻译”，也必然不能与原作比拟。改编为剧曲，效果也是如此。可以说，“文言”这一形式，并没有限制或损害《聊斋》的艺术价值，而它的艺术成就，恰好是善于运用这种古老的文字形式。

过去有人谈过:《聊斋》作者,学什么像什么,学《史记》像《史记》,学《战国策》像《战国策》,学《檀弓》像《檀弓》。这些话,是贬低了《聊斋》作者。他并不是模拟古人古书,他是在进行创作。他在适当的地方,即故事情节不得不然的场所,吸取古人修辞方法的精华,使叙事行文,或人物对话,呈现光彩夺目的姿态或惊心动魄的力量。这是水到渠成,大势所趋,是艺术的胜利突破,是蒲松龄的创造性成果。

行文和对话的漂亮修辞,在《聊斋》一书中是屡见不鲜的。可以说,非同凡响的修辞,是《聊斋》成功的重大因素之一。

接受前人的遗产,蒲松龄的努力是广泛深远的。作为《聊斋》一书的创作借鉴来说,他主要取法于唐人和唐人以前的小说。宋元明以来,对他来说,是不足挂齿的。他的文字生动跳跃,传情状物能力之强,无以复加的简洁精练,形成了《聊斋》一书的精神主体。

在哲学意义上说,内容决定形式,形式对内容又起很大的反作用,即是内容和形式的辩证统一。这一般非只就一部作品完成了它的创作形态以后而说的,是指创作的全部过程。一种内容可以有各种形式,有成功或失败的形式。决定艺术作品成功与失败的,是作家对这一内容的思想、体验、选择和取舍,即艺术的全部手段。

汉代是一历史内容。它有《史记》和《汉书》两种不同的形式,各有千秋。另外还有许多不能完整流传下来的汉书,不能流传,自然是一种失败。

同样,《聊斋》所写,很多内容,是古已有之的。神怪小说,在中国文学史上,是汗牛充栋的。但是蒲松龄在这一领域,几乎是一人称霸。

什么原因?我在陆续阅读这部小说的时候,不能不想到这个问题。

鬼神志怪书,晋及六朝已盛行。真正成为一文学创作,则是唐开元天宝以后的事。著名的作家有沈亚之、陈鸿、白行简、元稹、李公佐等。这些作家的作品,都明显地影响了《聊斋》。

唐人小说,包括大作家韩愈和柳宗元的作品在内,在创作上形成一个新的起点,继往开来。为中国短篇小说开扩出一种全新的境界。

唐人小说的特点:

一、很多作品,写的是真人真事,为各个阶层、各种职业的平凡人物作传。在这些传记性的作品里，都有鲜明的典型环境和人物性格，表明深湛的哲学道理，生活的不可抗拒的规律。它不再侈谈神怪，也不空谈因果。

二、他们不再把“小说”当作奇怪见闻、游戏文章，轻率地处理。而是郑重其事，严肃周密地去进行创作。他们的作品都含有人生和社会的重大命题。他们的故事生动曲折，主题鲜明突出，人物活泼可爱。他们从简单重复的神奇怪异的小圈子里走出来，到现实社会生活中去。这一时代的小说，现实主义的内涵，特别突出显著。

三、唐代小说作者，也都是诗人，他们非常重视语言的艺术效果。在他们的散文作品里，叙事对话，简洁漂亮，哲理与形象交织，光彩照人。

这些特点，在宋元的同类作品中，逐渐减弱。一些作者，在小说中，有意卖弄才情，塞进大量无聊诗词，破坏小说的组织，使小说充满酸气。到了明末，好的传统可以说是消磨殆尽了。

《聊斋》一书，追溯唐人的现实主义源头。它把一束束春雨后的鲜花，抛向读者。

《聊斋志异》的现实主义成就，必然和作者的生活经历有关。据有关材料，蒲松龄的主要生活历程为：

一、明崇祯十三年,生于山东淄川县满井庄。

二、少有文才,但屡困场屋。

三、曾短期到江南宝应县任幕宾。

四、长期馆于同邑名人家。

蒲松龄在宝应县,只有一年多时间。他活了七十六岁,可以说,他整个一生是在故乡度过的。

农村是广阔的天地,人物众多,是文学创作取之不尽的最大最深的源泉,是民族历史文化的无尽宝藏,是国家经济政治最大的体现场所。所谓民间传说, 民间故事,民间语言,对创作《聊斋》来说,都是宏伟的基础。蒲松龄这个生活根据地, 可以说是长期而牢固的了。古今中外,凡是伟大的作家,没有不从农村大地吸取乳汁的。

在名人家坐馆,教授几个生徒,是很轻松的工作。他有充分的时间,从事采访、思考、观察和写作。鲁迅说:有闲不一定能创作,但要创作,则必须有一定的余闲。过于穷困,则要忙于衣食;过于富贵,则容易流于安逸。蒲松龄过的是清寒士子的生活,他兼理家务,可得温饱,因此,他可以专心著书。

到江淮旅行一次, 对他创作也是有利的。往返途程,增加不少实际见闻,体验了各处风土人情,交了不少新的朋友，并收集到很多奇闻异事，作为他以后创作的素材。我们在《聊斋》中，常常见到一些江淮情景，就是此行的收获。

《聊斋》的题材，故乡的材料，占很大比重，包括历史传闻和亲身经历。他也从古代记事中取材，但为数不多。

蒲松龄在文学修养方面，取精用宏。中国的志异小说，有《太平广记》等专集，供他欣赏参考。但绝不限于此，他对于经史子集中的记事，无不精心研讨，推陈出新，汇百流为大海。

在技巧准备方面，他作了多方面的努力。据现有的材料，他曾写了文集十三卷；诗集五卷，又有续录；词集不分卷；杂著五册；戏三出；通俗俚曲十四种。

这些著作的总字数，大大超过了《聊斋》的字数，但总观一过，虽然都有独具风格的才情和内容，其成就皆不及《聊斋》。文绝一体，天才孤诣；参天者多独木，称岳者无双峰。蒲松龄倾其才力于一书，所遗留人间的，已号洋洋，我们还能向他多求吗？这些著作，对蒲松龄创作小说，都可以说是准备。

《聊斋》很多篇写了狐鬼，现实主义力量，使这些怪异，成了美人的面纱，铜像的遮布，伟大戏剧的前幕，无损于艺术的本身。蒲松龄所处的时代和社会，是很动乱和黑暗的，时代迫使作家采取了这种写法。作家在创作上,实际突破了时代和环境的樊篱。有很多作品,具备深刻的时代意义和社会意义,无情地对社会作了揭露和批判。他写的狐鬼,多数是可爱可亲近的。他把一些动物,比如狐、獐、猫、鼠;飞禽如鸽、鹌鹑、秦吉了;水族如鱼、蛙;虫类如蟋蟀、蝇、蝶,都赋予人的性格,而带有它们本身的生活特征。他对于植物,如菊、牡丹、耐冬的描述,尤其动人。他对于各种植物的生态,有很细致的研究。大如时代社会,天灾人祸;小如花鸟虫鱼,蒲松龄都经过深刻的观察体验,然后纳入他的故事,创作出别开生面、富有生机、饶有风趣的艺术品。在这部小说里,蒲松龄刻画了众多的聪明、善良、可爱的妇女形象,这是另一境界的大观园。

这是一部奇书,我是百看不厌的。而蒋瑞藻作《小说考证》,斥之为千篇一律,不愿再读。他所指盖为所写男女间的爱情以及女子之可喜可爱处。如此两端,在人世间实大同小异,有关小说,虽千奇百态,究竟仍归千篇一律,况《聊斋》所写,远不止此。蒋氏作考证,用力甚勤,而于文学创作,识见如此之偏窄,不知何故。

随着年龄和阅历的增长, 我越来越喜爱那些更短的篇,例如《镜听》。同时,我也喜爱“异史氏曰”这种文字,我以为是直接承继了司马迁的真传。

蒲松龄也是发愤著书，终其生，他也没得见到他自己的辛勤著作印刷出版。

粗略地谈过这部名著，我们从作品和作家那里，能获得哪些有益的经验教训呢？

一九七八年七月二十三日

《红楼梦》杂说

清兵的入关，使中国封建社会的阶级关系，发生新的畸形的变化。民族压迫和阶级压迫交织在一起，相互促进，广大农民所受的剥削和压榨，更加深重了。汉人变成了旗人的奴隶，原来的地主阶级，把所受旗人的剥夺，转嫁给他们的奴隶——农民。随龙入关的，数以百万计的控弦之士，连同他们为数众多的家属，不劳而食，拥有庄园、商业、作坊。

统一全国后，上层统治者中间的矛盾斗争，愈演愈烈，父子兄弟之间，倾陷残杀。因此，就愈严等级之分，上下之别，层层统制，互相监视。政治方面的这种风气，由宫廷而官场，由官场而散布于社会，形成观念和风习。

《郎潜纪闻》一书中记载：在这一时期，每年只京城一地，旗人的奴仆，因不堪虐待，自杀身死，申报到刑部的，就数以千计。其隐瞒不报,或贫病而死的,还不知有多少。这一广大的奴隶群,身价之低贱,命运之悲惨,走投之无路,已经可见一斑。

旗人除强占土地、房屋、财产以外,还将大量的奴隶,收入他们的府内。其中包括大量的男女小孩,多数是京畿一带农民的子女。

这些奴隶,也把他们的社会关系、生活习惯、民间语言、民间传说,带进宫廷、官府,如此就大大丰富了像曹雪芹这些人的生活知识和语言仓库。

清代统治者,原来也设想,就保持他们的无文化或低文化状态,并在汉民中也推行这种愚民政策,以弓马的优势,统治中国。但这是不可能的。文化对于人民,如同菽粟,高级的进步的文化,必然要影响低级落后的文化,而促使其进步,必然要像水向低处流,填补其空白区。

雍、乾时期,旗人的文化生活,逐渐丰富起来。皇帝三令五申,也阻止不住它的飞速发展。皇帝愿意他的旗下奴隶,继续练习弓马,准备为朝廷效力(就像贾珍教训子弟那样)。限制他们与汉人文士交接往来,养成舞文弄墨的恶劣习惯。但他们却非要吟诗作赋,写字画画不可。他们不事生产,养尊处优,在中国文化的美丽奇幻的长江大河之中，畅游不息，充军杀头，也控制不住这种趋势。于是在很短的时间里，就出现了那么多的八旗名士。

这一部分人，对于他们面临的现实生活，政治设施，社会现象，有较深的观察能力和理解能力，也具备了一定的表现能力。而曹雪芹无疑是这些人中间的佼佼者。

当然，曹雪芹感受最深的，是他本阶级的飘摇以及他的家庭的突然中落。大家知道，在雍、乾两朝，像曹家这种遭遇，并不是个别少见，而是接踵而来，司空见惯的。雍正皇帝，以抄臣民的家，作为他主要的统治手段，并且直言不讳，得意扬扬，认为是一种杰作。他刻薄寡恩，利用奸民家奴，侦察倾陷大臣，用朱批谕旨，牵制封疆，用圣谕广训，禁锢人民思想，使朝野上下，日处于惊惶恐怖之中。曹家的亲友，就不断发生类似的飞灾横祸。

曹雪芹面对这种现实，他思考、探讨，并企图得到答案：什么是人生？人生为何如此？

他从现实生活中，归结出一个普遍的规律：生活在时刻变化，变化无常，并不断向相反的方面转化。决定人生命运的，不是自己，而是外界的一种力量。这种力量，有时可知，有时不可知。他痛感身不由主，“好”“了”相寻，谋求解脱，而又处于无可奈何之中。

在命运的轮转推移中，遭逢不幸，并不限于底下层，也包括那些最上层——高官命妇，公子小姐。曹雪芹的思想是入世的，是热爱人生的，是赞美人生的。他认为世界上有如此众多的可爱的人物和性格，他为他们的不幸，流下了热泪，以至泪尽而逝。

是的，只有完全体验了人生的各种滋味，即经历了生离死别，悲欢离合，兴衰成败，贫富荣辱，才能了解全部人生。否则，只能说是知道人生的一半。曹雪芹是知道全部人生的，这就是红书上所谓“过来人”。

历史上“过来人”是那样多，可以说是恒河沙数，为什么历史上的伟大作品，却寥若晨星，很不相称呢？这是因为“过来人”经过一番浩劫之后，容易产生消极思想，心有余悸，不敢正视现实。或逃于庄，或遁于禅，自南北朝以后，尤其如此。而曹雪芹虽亦有些这方面的影子，总的说来，振奋多了，所以极为可贵。

因此，《红楼梦》绝不是出世的书，也不是劝诫的书，也不是暴露的书，也不是作者的自传。它是经历了人生全过程之后，在丰富的生活基础上，产生了现实主义，而严肃的现实主义，产生了完全创新的艺术。

我们可以用陈旧的话说:《红楼梦》是为人生的艺术,它的主题思想,是热望解放人生,解放个性。

一九七九年二月四日重写

谈柳宗元

在旧社会,朋友是五伦之一。这方面的道义,古人看得很重。因为人在社会上工作、生活,就有一个人与人的关系问题。这一关系,在决定一个人的工作和生活的成败利钝方面,较之家庭,尤为重要。所以,古往今来,有很多文章、戏曲,记述朋友之道,以教育后人,影响社会。

讲朋友故事的文学作品,在中国有相当大的数量。有些并不是一般人所能做得到的,也是很难学习的。这些故事,常常赋予人物以重大的矛盾冲突,其结局多带有悲剧的性质。有的表面看来,矛盾冲突并不那样严重,只是志同道合,报答知己,比如挂剑摔琴之类。

古代的友道,现在看来,似乎没有阶级性,现在新的概念是同志或战友。

中国古文中有一种文体,叫"诔"。在历代文集中,它占有相当的位置。字典上说，诔就是：哀死而述其行之辞。就是现在的悼念文章，都是生者怀念他的死去的同志的。此体而外，古文中还有悼诗、挽歌、碑文、墓志、行状、吊文、祭文等等。可见，中国文学用之于死人者，在过去实在是分量太大了。

纪念死者，主要是为了教育生者。如果不是这样，过去这些文章，就没有存在的价值了。

唐代韩愈写的《柳宗元墓志铭》，是作家悼念作家的文章。他真实而生动地记述和描写了当时文人相交的一些情况，文章写得很是精辟。在这篇文章里，我初次见到了“落井下石”一词和挤之落井的“挤”字。

“四人帮”把柳宗元拉入法家，我不懂历史，莫名其妙。大概是这些政治暴发户，看上了柳宗元的躁进这一特点吧。但无论如何，柳宗元也不会喜欢他们这种乱拜祖先的做法的。

我很喜欢柳宗元的文章。他的文章都写得很短，包含着很深的人生哲理。这种哲理，不是凭空设想，而是从现实生活中体验得来。我很少见到像他这样把哲理和现实生活，真正形成血肉一体的艺术功力。他还能把自然界、人的日常生活中的现象,和政治思想、社会组织联系起来。就是说,他能用自然规律、生活规律,表达他对政治、对社会的见解和理想。使天人互通,把天道和人道统一起来。他用以表达这样奥秘的道理的手段,却是活生生的,人人习见的现实生活的精细描绘。

例如《河间传》这篇纪事,后人是把它编入外集的,并不是柳文的典范之作。就是这样一篇文章,也充分显示了柳宗元对现实生活的深刻剖析的艺术能力,同时包含了一种可怕的人生几微。

柳宗元是很天真的。他原来是没经过什么挫折,一帆风顺地走上政治舞台的。一旦不幸,他就经不起风浪,表现得非常狼狈。连和他有同样遭遇的苏东坡,也说他不行。一流放到永州,他就丢魂落魄,头也不梳,脸也不洗,浑身泥垢,指甲很长。我没有到过永州,不熟悉那里的自然环境。据他自述:到野外散散步,消消愁闷吧,又怕遇见蛇咬他,又怕遇见大蜂蜇他,还怕水边有一种虫子,能含沙射向他的影子,使他生疮。遇到风景幽静的地方,他又不敢久停,急忙回家。嬉笑之怒,长歌之哀,看来是很有些神经衰弱了。

中国古代谚语:在东方失去的东西,会在西方得到。柳宗元到永州以后,他的生活视野,思想深度,大大扩展加强了。他认真地、系统地读了很多书，他对所闻所见的生活现象、自然景物，反复研究思考，然后加以极其深刻，极其传神的描画。他在这一时期的作品，登峰造极，辉煌地列入中国文学遗产的宝库。

中国封建社会的政治上的流放刑废，使历史上增加了很多伟大的作家。这些人，可能本来就不是政治上的而应该是文学上的大才。王安石论及八司马，有一段话十分透辟。

毕竟文人是很脆弱的。他付出的劳力过重，所经的忧患过深，所处的境遇过苦，在好容易盼到量移柳州之后不久，就死去了，仅仅四十七岁。

柳宗元死后，他的朋友刘禹锡一祭再祭，都有文章。朋友中间，以韩愈名望最重，所以请他写了墓志铭。这些文章，并不能达于幽冥，安慰死者，但流传下来，对于后代研究柳文者，却有知人论世之用。

这一非凡的生命的不正常的终结，当然不是“始以童子有奇名”，后“为名进士”，“以文章称首”的青年时代的柳宗元，所能预料到的。

柳宗元遭遇如此坎坷，是有自己的弱点，确实犯了错误，并非完全是无辜受害，或有功反受害，含冤而死。他自己说：“立身一败，万事瓦裂，身残家破，为世大僇。”如果不是假检讨，那么就是“皆自所求取得之，又何怪也！”朋友们也说到他的缺点，韩愈说他“不自贵重”，刘禹锡说他是“疏隽少检”。

仔细想来，柳宗元在当时，对于国家，对于人民，并没有斩将搴旗、争城夺地的功劳。他所遭际的，不过是当时习见的官场失意。再说，司马虽小，但究竟还是官职，他可以携带家口，并有僮仆，还可以买地辟园，傲啸山水，读书作文，垂名后世，可以说是不幸之幸。

我从青年时期，列身战斗的行伍，对于旧的朋友之道，是不大讲求的。后来因为身体不好，不耐烦嚣，平时不好宾客，也很少外出交游。对于同志、战友，也不作过严的要求，以为自己也不一定做得到的事，就不要责备人家。

自从一九七六年，我开始能表达一点真实的情感的时候，我却非常怀念这些年死去的伙伴，想写一点什么来纪念我们过去那一段难得再有的战斗生活。这种感情，强烈而迫切，慨叹而戚怆，但拿起笔来，又茫然不知从何说起。我们习惯于听评书掉泪，替古人担忧，在揭示现实生活方面，其能力和胆量确是有逊于古人了。

一九七八年十二月二十日

近作散文的后记

散文若干篇，是近一二年所写。很多年没有写文章，各方面都很生疏，一旦兴奋起来要写了，先从回忆方面练习，这是轻车熟路，容易把思想情绪理清楚。

这样所写的就都是旧事、往事、琐事。所回忆的几位同志，也都是死去了的。原来，拟名之曰“川上”，意思就是“逝者如斯”。

关于自己生活的回忆，写起来比较简单。因为并没有轰轰烈烈、曲折动人的生活或战斗经历，所作所为，不过是教书写作，按实际说明就是了。

关于别人的回忆，就麻烦一些。初稿内容还多些，修改几次，就所剩无几了。这是因为：或碍于时间，或妨于人事；既要考虑过去，也要顾虑将来。对死者倒还简单，对生者就要周到。在写过几篇以后，我才深深领会，鲁迅在三十年代所感慨的：古人悼念朋友的文章，为什么都是那么短，而结尾又都那么紧迫！同时也才明白，为什么那些名家所作的碑文墓志都那么空浮飘虚。

“四人帮”当路之时，在这些同志身上，丛集了无数无稽的污蔑之辞。当这些同志，一旦得到了昭雪，有人马上转过脸来，要求写出他们的“高大形象”。

我所写的，只是战友留给我的简单印象。我用自己的诚实的感情和想法，来纪念他们。我的文章，不是追悼会上的悼词，也不是组织部给他们做的结论，甚至也不是一时舆论的归结或摘要。

我所写的是我们共同战斗经历的一些断片。我坚决相信，我的伙伴们只是平凡的人，普通的战士，并不是什么高大的形象、绝对化了的人。这些年来，我积累的生活经验之一，就是不语怪力乱神。

我所尊重的同志，都是淳朴和诚实的人。他们的心，对我来说，都是敞开的大门，清澈的潭水。我是可以随便走进去，也轻易就可以看清楚的。我谈到他们一些优点，也提到他们的一些缺点，我觉得，不管生前死后，朋友同志之间，都应该如此。

他们一生的经历，自然也有并不平凡之处。他们都把青春献给了祖国的艰难时代，他们都为人民刻苦地习练了一技之长。他们最后的遭际，有的是非常不幸的，史无前例的，普通人难以忍受，甚至善良人难以想象的。他们虽然死了，意识形态消失了，但并不是弱者。他们蔑视林彪和“四人帮”，他们没有卖身投靠，卖友求荣。他们都是有党性原则的，有时把这一原则，看得比生命还重要。

在青年时代，在艰苦岁月，在战斗中建立起来的感情，就如同板上钉钉。钉虽拔去，板有裂痕。每当我想起他们的时候，心里是充满无限伤痛的。

在三十年代，每读鲁迅先生的《为了忘却的纪念》，就感动得流下热泪。那时我还很幼稚，很单纯，并不知征途的坎坷，人生的艰险。鲁迅先生对死者的深沉的情感，高尚的道义，教育着我。惭愧的是，鲁迅先生的思想、感情、文字，看来我这一生一世，只能是望尘莫及，望洋兴叹，学习不来了。

但是，古代哲人在川上的感叹，向来被解释为，源远流长，昼夜不停，继往开来，自强不息。因此，我的学习和努力，也不应该一刻停止的。

一九七八年六月二十六日